「かわいいね、ナオ。こうやって軽く擦っただけで、先からどんどん溢れてくる」
　くるくると、濡れた先端を指先でまわされる。恥ずかしい反応を暴かれて、直史は身もだえた。
「やっ、ああ……」

イラスト／片岡ケイコ

公爵は冷酷に愛を語る

秋山みち花

HYPER H

1

最初に、蒼い双眸に魅せられた。

鈴木直史《すずきなおふみ》は息をのんで、目の前に立つ背の高い男を見つめる。

第十八代アベンフォード公爵、ギルバート・ウォーレン・シーモア——今日から後見人となる人物は、予想を遙かに裏切って、とても若い男だった。

さらりとした金褐色の髪に縁取られた高貴な顔立ち。上品なダークグレーの三揃えスーツを着こなしている姿は、ため息が出そうなほど威厳に満ちている。

ライブラリーだと教えられた部屋は広々としていた。

絨毯を敷きつめたフロアには、磨きこまれたライティングビューローの他に、美しい形のカウチと小ぶりのテーブル、優美な椅子が何脚か、一目で贅を尽くしたものだとわかる家具ばかりが置かれている。

右手の壁は全部が、天井までぎっしりと分厚い本が詰まった書棚になっており、途中に、回廊と小さな螺旋階段までついている。もう一方の壁には重厚なマントルピース。そして、くすんだ金色の額に入れられた人物画を始め、いくつも立派な絵が飾られていた。

その豪華な背景の中に堂々と立っている公爵は、眩しいほどの美貌で、直史は圧倒されてしまう。それに比べて、自分は着古したジーンズの上下といった格好で、あまりにも場違いな感じだ。

「わたしがギルバート・ウォーレン・シーモアだ。シティでの仕事が長引いて、空港まで君を出迎えに行けなかった。許してくれ」

萎縮していた直史は、公爵からいきなり謝罪の言葉をもらい、慌ててしまった。

何か言わなければと気持ちは焦るが、肝心の英語が出てこない。それに初対面の人に会う緊張と羞恥で、舌が痺れたようになっていた。

「どうかしたのか？」

「あの……公爵がもっとお年寄りの方かと思っていたので」

からからになった喉を上下させ、辛うじて口を開いたとたん、整った顔が微かにしかめられて、直史はどきりとなった。

慣れない英語に、今まで使ったことのない尊称。焦ったせいで、とてもぶしつけなことを言ってしまったのだ。

「迎えにやった弁護士から、詳しいことを聞かなかったのか？」

「あ、はい……いえ、その……」

とっさのことで、イエス、ノーの使い方も迷ってしまう。直史がしどろもどろに答えると、公爵の表情はますます厳しいものになった。

「わたしは今三十歳だ。君の後見をするには若すぎると思っているのか？」

「いえ、そんなことは……」

いかにも気分を害したように尋ねられ、直史は必死に首を横に振った。

どぎまぎしてしまうのは、公爵などという身分の人と、これまで一度も話したことがないからだ。後見人と言われても、ぴんとこないせいもある。

両親を亡くしたばかりの子供の頃なら普通に受け止められたかもしれないが、直史は既に十八歳。立派に独り立ちしていていい歳だし、ここに来る前は、実際にそういう生活も送っていた。

直史が、英国で公爵の称号を持つ人物から招待を受けたのは六月の始めだった。それからまだ二週間ほどしか経っていない。

バイト先のカフェに訪ねてきたのは、代理人を名乗るイギリス人の弁護士と通訳の日本人だった。ロンドンでの生活や渡航手続き、それに公爵についても説明を受けたが、肝心の年齢だけは聞き損ねていたのだ。

公爵を怒らせてしまったかと、直史が身を竦めるようにしていると、形のいい口元が突然のようにゆるめられる。

「不安がないならいい。これからは、わたしが君の後見人だ」

「あ、はい……よろしくお願いします」

穏やかな声を聞いて、直史はほっと息をつき、深々と頭を下げた。

「こちらへ来て、もっとよく顔を見せなさい」

公爵はそう言いながらも、自分から直史の方へ歩みよってくる。

二メートルほどあった距離が縮まると、自然と見上げるようになった。イギリスでは珍しくないのかもしれないが、公爵は百九十に近いような長身で、直史とは頭一つぐらいは差がありそうだ。

上からじっと顔を覗きこまれる。

間近で視線をとらえられると、羞恥で顔が赤くなってしまう。

「きれいな瞳だ。黒曜石のようだな……」

「あ……」

どきりと心臓が高鳴った。

きれいなのは公爵の方だ。蒼い瞳はまるで深い湖のようで、じっと見続けていると、身体全部が吸いこまれていくような気がする。

「わたしが君の後見をすることになった経緯については、弁護士から聞いているだろうな?」

「あ、はい……だいたいは」

「亡くなったわたしの父は、若い頃ヨットをやっていた。世界中の海を旅していたらしいが、その途中で嵐に遭い、君の父上に命を助けられたのだ。父は長い間恩人の行方を探していたが、とうとう見つけることができずに他界した。父の遺志を継いで、必ず恩返しをするようにというのが遺言で、わたしはそれを実行しているにすぎない。だが残念なことに、調査会社からの報告が届いた時は既に、君の父上は亡くなられていた。だからわたしは、ご子息である君に、父の恩を返したいと思っている」

思えば不思議な縁だった。

直史が交通事故で両親を亡くしたのは、まだ中学に入ったばかりの頃だ。直史はその後、叔父夫婦の世話になりながら高校まで卒業した。でも、生前の父は優しい人だったけれど、イギリス人の、しかも公爵の命を助けたことがあるなんて、聞いたこともなかったのだ。

「君は大学へ行くのが希望だと聞いたが？」

「はい」

「トウキョウで学問を続ける道もあっただろうが、わたしはなるべくなら近くで君の行く末を見届けたいと思っている。このタウンハウスで入学準備をして、オックスフォードかケンブリッジに進む……それでかまわないね？」

「はい、ぼくにできるかどうか自信ないですが、よろしくお願いします」

高校の時の成績は悪くなかった。英語もわりと好きな教科だったから、なんとか意志を伝えることができる。けれど将来何になりたいか、まだ明確な希望があるわけじゃなく、直史はただ単純に大学へ行きたいと思っていただけだ。

だが叔父夫婦は決してお金持ちというわけじゃなく、残された保険金も僅かなものだった。それで直史は、自分で資金をためてから進学しようと思い、カフェでバイトを始めていた。その矢先、突然夢のような援助の話が飛びこんできたのだ。

深く考えもせず、目の前に提示されたチャンスに飛びついた直史には、公爵の勧めはこの上ないものだ。

けれど心の準備もろくにできていないのに、本当にそんな有名な大学で学ぶことが可能だろうか。

それにいくら父が命の恩人だからと言っても、なんの関係もない自分が、その恩恵を受け取っていいものかどうか。

直史は今さらのように不安に襲われたが、公爵は何も気づかない様子ですっと右手を出してくる。

「それでは、改めて。ようこそロンドンへ、ナオフミ・スズキ」

「あ、はい」

恐る恐る伸ばした手を、しっかりと握られる。

「取りあえず君の部屋に案内しよう。ついてきなさい」

離されたあとも、右手には心まで伝わってくるような温かみが残った。

少し前までは、まさか自分がロンドンに来ることになろうとは、想像もしていなかった。今だって自分がここにいることが信じられない。

でもこれからは、この公爵の住まい、アベンフォード・ハウスが直史の家になる。

直史は、未知の世界への期待と不安がない交ぜになったままで、広い背中を見せて歩きだした公爵のあとに従った。

＊　＊

ヒースロー空港から、紋章入りのロールスロイスに乗せられて四十分ほど。

代々、アベンフォード公爵の称号を受け継ぐシーモア家のタウンハウスは、ロンドンの中心部、メイフェア地区にあった。

直史が慌ただしい出発準備中に調べたところによれば、昔から多くの貴族が住んでいた場所だ。

初めて目にした三階建ての邸宅はとても立派で、博物館か、もしくは、王室あるいは政府関係の公な建物だろうかと思ったほどだ。空港まで迎えに来てくれた公爵家の執事も、正式名称の『アベンフォード・ハウス』ではなく、単に宮殿《パレス》と呼んでいたぐらいだ。

車のつけられたポーチから一歩中に入ったところは、天井が吹き抜けになった巨大なエントランス・ホール。最高級ホテルのロビーのようにも思えるような雰囲気で、時代がかった赤の制服を着た管理人たちに出迎えられる。そして直史はその奥にある、まるで独立した小部屋のようになっているリフトで、上階へと上がった。

アベンフォード・ハウスは代々シーモア家の所有だが、現在、公爵の居住区は最上階のみで、あとは他の貴族のタウンハウス用に貸しだしているとのこと。けれどさすがに普通のマンションとは違う。三階だけでも何十室あるか、想像もつかない広さだった。

これじゃ迷子になりそうだな……。

公爵のあとに続いてライブラリーを出た直史は、あちこちを見まわしながら、ため息をついた。

廊下には、見事な模様の入った赤い絨毯が敷きつめられている。右手の壁には、ほぼ等間隔で大きな絵が飾られ、天井にはクリスタルのシャンデリア。左側に並ぶ窓にも、凝った装飾が施されている。ここはどうやら中庭に面した場所らしく、下にはきれいな花々が咲き誇った花壇と噴水が見えた。

長い脚で歩く公爵は、途中で時折立ち止まって、遅れがちになる直史を振り返る。そのたびに直史は慌てて公爵を追いかけた。

「ここが君のために用意した部屋だ」

公爵の手で重厚な扉が開けられる。

想像外に広く、豪華な室内を一目見て、直史は足を竦ませた。

「あ、あの……ここがぼくの……？」

いくら父が命の恩人でも、直史自身が前公爵の命を助けたわけじゃない。なのにこんなに立派な部屋……。

「君の部屋だ。自由に使いなさい」

「あの……」

さっさと中へ入っていく公爵の背中に、直史は遠慮がちに声をかけた。

「どうしたのだ？　この部屋が気に入らないのか？」

「いえ、そうじゃなくて、こんな……」

まともに答えることもできない直史に、振り返った公爵は苛立たしそうな表情になった。

怒らせたいわけじゃない。直史は焦って口を開いた。

「あの……他にご家族の方はいらっしゃらないんですか？」

「わたしは独身だ。妻もいなければ子供もいない」

何故そんなことを聞くのだといったように、冷ややかな口調で返される。

直史はさらに慌ててしまい、またこの場にふさわしいとは思えない質問を続けてしまう。

「こちらにお住まいなのは他にどなたが……？」

「使用人を除けば君とわたしの二人だけになる。君も知っているように父は既に他界した。母は存命だが、うるさいロンドンを嫌っているから、今はコッツウォルズに住んでいる。ここへは滅多に帰って来ない」

言葉を切った公爵は、そこでようやく直史のとまどいに気づいたように優しげな目つきになった。

「君が気兼ねするようなことは何もない」

「あ、はい……」

びくびくしていた心の中を読まれたようで、直史は赤くなった。

公爵の洞察は鋭くて、隠し事などいっさいできないような感じだ。

「これからはわたしのことをギルバートと呼びなさい。君はナオでいいね？　もう君は我が家の家族も同然なのだから」

心のこもった言葉には、怯えている子供を宥めるような響きがあった。公爵の声はとても優しくて、直史は胸の奥が熱くなってくる。

両親を失って六年。直史は一人っ子だったから、他に家族と呼べる者もいなかった。叔父夫婦に引き取られはしたが、家が手狭だったために、直史は近所のワンルームマンションで一人暮らしをしていた。夕食だけは叔父の家族と一緒だったものの、どこかに遠慮があって、心からの親しみを感じたことはない。

なのに今日初めて会った公爵は、直史のことを家族も同然だと言ってくれたのだ。

「ありがとうございます、公爵」

瞼の裏が熱くなるような思いで口に出すと、すかさず呼び方を訂正される。

「ギルバートだ」

「ギルバート……」

直史はもう一度小さな声で言い直した。

公爵は満足そうに口元をゆるめたけれど、きっとこれからも名前で呼ぶのは難しいだろう。

じっとまた蒼い瞳で見つめられた。

まともに視線が合って、どきりとなった瞬間、直史はふわりと広い胸に引きよせられる。

「あっ」

思わず叫び声を上げた刹那、ぎゅっと力を込めて抱きしめられた。

でも、それは一瞬のことで、公爵の腕はすぐに離れていく。

「どうしたのだ、ナオ？」

直史が驚きで固まっていると、身体を退いた公爵は怪訝そうに首を傾げた。

「あ……なんでも……なんでもないです」

直史は小さく切れぎれに呟いた。

今のは、ただ親愛の情を示すだけの行為だ。過剰に反応すると、笑われてしまう。

けれど公爵はその後何も言わずに背中を向け、室内を横切っていく。直史はほっと肩で息をついて、あとを追った。

居間には、座り心地のよさそうなカウチと、落ち着いた色合いのテーブルが置かれている。壁にはマントルピースがあって、その上に、心をなごませてくれるような薔薇の絵もかけられている。茶色の桟で仕切られた縦長の窓からは、薄く曇っている空が見渡せた。

寝室は続き部屋になっていた。公爵自らが開けてくれたドアの向こうには、大人が四、五人は眠れそうなほど大きなベッドが見える。

わざわざこんなに豪華な部屋を用意してもらい、直史はまるでシンデレラにでもなったような気分だ。もしかして、十二時の鐘がなったら、夢から覚めてしまうのではないだろうかと、頬をつねりたくなる。

「君の荷物はクローゼットの中に収めてあると思う」

「はい……」

直史は大きくため息をつくように返事をした。

その時ちょうど、先程空港へ迎えに来てくれた執事のオコーネルが、お茶のセットを載せたワゴンを押しながらやって来る。後ろにはグレーの地味なワンピースに、白いエプロンをつけた女性も続いていた。

「失礼致します、公爵。紅茶をお持ちしましたが、どちらにご用意しましょうか?」

「居間の方に」

短く指示した公爵と共に、直史は再び元の部屋に戻り、カウチに並んで腰かけた。

黒くて丈の長い、クラシックなスーツを着た執事は、公爵より少し上ぐらいの年齢で、背はあまり高くない。茶色い髪をきっちりと後ろに撫でつけて、いかにも堅苦しそうな感じだ。

ミセス・ケントだと紹介された銀髪の女性はずっと年輩で、銀のトレイに載せられたポットから丁寧な手つきで紅茶を注ぐ。

「お砂糖はどうなさいますか?」

「あ、なくていいです」

直史は勧められるままに、繊細な花柄のカップを手にした。

ミルクがたっぷり入れられた紅茶を口にすると、高揚していた気分が落ち着いてくる。

これが本場のミルクティーか……。

直史がバイトしていたカフェでもけっこう本格的な紅茶を出していたが、芳醇な香りと深い味わいは、それとは比べものにならない美味しさだ。

「ナオ、何か足りないものや欲しいものがあれば、この二人に言いなさい。すぐに揃えてくれるだろう。それからすまないが、わたしはこれから一度シティに戻らなければならない。君は疲れているだろうから、部屋でゆっくり休んでいるといい。お腹が空いているなら、ミセス・ケントが何か運んできてくれるだろう」

「ありがとうございます」

何から何まで気を遣ってもらい、直史は胸が熱くなる。

「それと、着いたばかりで大変だろうが、君にはこれからいっぱい学んでもらわなくてはいけないことがありそうだ。紅茶の飲み方もその一つだが……」

なんとなく自分の手に視線が向けられているのを感じ、直史は固くなった。

反射的に公爵を見ると、ちょうど紅茶のカップを口に運んでいるところで、その手の動きがとても優雅で美しい。

「わたしが後見人となった以上、君にはシーモア家の一員として、恥ずかしくない話し方や作法を身に着けてもらう必要がある。大学への入学準備といっしょにそれもやろう。いいね？」

上流社会にふさわしい話し方や作法……。

直史はごく普通の家で生まれ育った。紅茶の飲み方にまで気を遣ったことはない。

いったいどんなことを要求されるのかと、不安を覚えたが、直史は素直に頷いた。

「そうだな……一つ一つにちゃんとした教師をつけてもいいが、君の後見人として、わたし自身が教育にあたった方がいいかもしれない。社交シーズンも始まっているし、急がないと……。君のことはわたしに責任がある。しばらくの間、なるべく仕事の都合をつけるとして、詳しいことはまたあとで相談しよう」

直史にとって、公爵の宣言は絶対だ。反対する理由もない。

これから夢のような環境で夢のような生活が始まる。夢を夢で終わらせないためには、色々と努力しなければならないということだ。

「まずは君の服から揃えないとな……」

よれよれのデニムに再び批判的な視線が向けられ、直史は恥ずかしくなった。

確かに初めて公爵家を訪ねるには失礼な格好だったかもしれないけれど、フライト中はなるべく楽にしていたかったのだ。それに日本から持ってきた他の服だって、これと似たようなものだ。

「オコーネル、明日の朝、手配を」

公爵は飲み終えたカップをソーサーに戻し、背後で控えていた執事を振り返った。

「かしこまりました」

短い命令に、オコーネルはすべてを心得ているといった感じで一礼する。

公爵は洗練された物腰で席を立ち、もう一度、確認するように直史の顔を見た。それからオコーネルを従えて、静かに部屋を出ていく。

公爵の長身が見えなくなって、直史はようやくふうっと緊張を解いた。

部屋に残ったミセス・ケントは優しそうな人で、早速色々と直史の世話をやき始める。

「ナオ様、お持ちになった衣装はこちらのクローゼットにしまいましたが、他のお荷物はまだスーツケースの中です。どこに置くか指示していただければ、お運びしますよ」

「あ、大丈夫。自分でできます」

一人暮らしが長かったせいで、人に世話をされるのは慣れていない。黙っていると、ミセス・ケントは小物まで全部整理してくれそうな勢いだ。直史は急いでカウチから立ち上がり、クローゼットへと向かった。

寝室には、居間への出入り口の他にも二つドアがあって、一つはバスルーム、そしてもう一つがクローゼットに続いている。ワードローブをしまうだけの場所なのに、そこだけでも直史が暮らしていたワンルームより、ずっと広いスペースが割かれていた。

荷物と言っても、冬物の服や本などは別送したので、常備薬とか歯ブラシなどがほんの少しだけ。

ささやかなものだ。

　あとは両親の写真だが、百円ショップで買った写真立ては、いくらなんでもこの豪華な部屋には似合わない。直史はちらりと目にしただけで、それをチェストの引きだしにしまいこんだ。

「お疲れでしたら、少しお休みになるといいですよ、ナオ様。お夕食まではまだまだ時間がありますから」

「でも、ぼくは公爵の帰りを待ってないと」

　言われたとおり疲れはあった。長いフライトの間中、期待やら不安やらで一睡もしていない。でも公爵の好意を思うと、とても休んでなどいられない。

　ミセス・ケントは直史の真剣な顔を見て、にっこりとした笑みを浮かべた。

「大丈夫ですよ、ナオ様。ご心配なら、公爵がお戻りになる前に起こしてさしあげます。それからバスルームの使い方などもご説明しましょうか？」

「あ、大丈夫ですから」

　軽く断りを入れた直史は、勧めに従って少し眠ろうと思い、寝室へ戻った。

　ミセス・ケントの手で取りのけられたベッドカバーは、深みのあるワイン色。どっしりしたカーテンや、カウチに載せられたクッションとお揃いになっている。

　それにしても、こんな大きなベッドで本当に眠れるのだろうか。

思いながら、直史はふとサイドテーブルの上に目を留めた。そこには、クラシックな緑色のシェイドがついた、真鍮のリーディング・ランプが置かれ、その隣に本が三冊載っている。

直史は何気なくそれを手に取った。

一冊目は英語と日本語、両方で解説されている、イギリスのガイドブックだった。ロンドンの名所や田舎の景色など、きれいな写真が多用され、眺めているだけでも楽しくなりそうなものだ。二冊目は一瞬子供向けかと思ったが、日本語学習者用のテキストだった。題材はやはりロンドンの観光案内で、中級程度なのか、大きめに書かれた日本語の文には簡単な漢字も使われている。そして最後の一冊は本当に子供向けで、やさしい英文が並んでいるイギリスの童話集。

「これは……?」

「公爵がご自身で書店に足を運ばれて、お選びになったんですよ」

「ぼくのために?」

直史が尋ねると、ミセス・ケントはしっかりと誇らしげに首を縦に振った。顔には自分の仕える公爵への敬愛が溢れている。

直史は思わず三冊の本を胸に抱きしめた。

用意された本は全部、直史を歓迎するためのものだ。公爵は、直史がどれぐらいの英語力か、わからなかったのだろう。そして直史の力がどの程度でも大丈夫なようにと、わざわざこの三冊を選んでくれた。

豪華な部屋を用意してもらったことにも感激したけれど、直史には、このささやかな心遣いが何よりも嬉しい。

遠い異国の見知らぬ土地で、今日初めて会った公爵は、厳しそうな一面もあるけれど、本当に直史を家族として迎えてくれている。

両親が死んで以来、直史は何があってもずっと泣かずにやってきた。でも、今は目尻にじわりと涙がにじんでくるような思いだった。

＊　＊

翌日の朝。

公爵の命令で、直史の部屋には、何人かのドレスメーカーが集められていた。

直史の衣装を調えるためだ。スーツやシャツなど、すべてがオーダーメイドされると知って、直史は驚いたが、口を挟む余裕はない。

カウチに座った公爵が見守る中で、まずは徹底的な採寸が行われる。

直史は薄いシャツ一枚で部屋の中央に立たされ、何人もの職人に囲まれてサイズを測られた。帽子用に頭のサイズ、そして靴用には足の型まで採られる徹底ぶりだ。

直史は言われたとおりに腕を上げ下げするのが忙しく、公爵に半裸の姿を見られているのを恥ずかしく思う暇さえなかった。

「ひととおりのものを急いで揃えたい。細かいことはいつもどおり執事の方に連絡してくれ」

「は、かしこまりました、公爵」

採寸を終えた職人たちは皆、しっかりと平伏して帰っていく。

今まで人形のようになっていた直史は、やっと採寸から解放されて息をついたが、そこへ今度はまた別のお客が現れる。

「ロード・レンスターがお見えになりました」

執事に案内されてやって来たのは、しゃれたデザインのスーツに身を包み、ストレートの長い金髪を後ろで一結びにした男だった。公爵ほどではないが、すっきりと背が高く、顔立ちが驚くほどきれいだ。

だがモデルのような印象の男は、公爵を相手に意外なほど親しげな口をきく。

「今度は何を始めるつもりなんだ、ギルバート？　お人形遊びか？」

「クリストファー・ブランドン、おまえを友人として呼んだつもりはない。口を謹んでもらおう」

「やれやれ、ユーモアを解さないとは紳士の風上にもおけないな。これで公爵とはね……」

「何がユーモアだ。おまえの言葉はわたしの被後見人を侮辱しているだけだ」

いきなり始まった言い合いに、直史は目を丸くした。

威厳の固まりのような公爵を相手に、ここまで言い返す男がいるとは信じられない。

でもオコーネルから『ロード』の呼びかけをされていたので、この男も貴族の一人であることは間違いがなかった。

「ほんとに、いつの間にこんなかわいい子の後見人になったんだよ、ギルバート？」

「おまえには関係ないことだ。よけいな質問は控えて、さっさと仕事をしろ」

一部の隙もないスーツ姿の公爵は、カウチに悠然と腰かけて長い腕を組み、高飛車に会話を終わらせる。

にこりともしない顔は氷のように冷たく見えて、直史はひやりとなるが、男は全然気にしていないようだ。

「まったく、おまえは相変わらず傲慢でいやなやつだ。まぁいい、言われたとおり早速商売を始めるとするか。ところで君の名前は？」

男は舌打ちするように吐きだしたあとで、いきなりくるりと直史に向き直った。

「あ、直史です。鈴木直史」

びっくりした直史は反射的に日本語で名前を名乗る。

すると男は驚いたように真っ青な目を見張った。

「えっ、君もナオフミ・スズキ？　うちにもいるよ、ナオフミ・スズキ。同姓同名か。日本人のファミリーネームはもう少し複雑かと思ってたけど」

「鈴木は日本でも二番目に多い名前なんです。直史もそんなに珍しくはないし」

直史が説明すると、男は納得した感じで、にこっときれいな笑みを見せる。

「そうなんだ。あ、ぼくはクリストファー・ブランドン。クリスと呼んでくれればいい」

「でも、あなたは……」

「何？　爵位のこと？　ま、一応親父がロイストン侯爵、ぼく自身はレンスター子爵ってやつだけど、そんなのどうでもいいだろ？」

クリスと名乗った男は、さらりとそんな台詞を口にする。

同じ貴族でも公爵と違ってずいぶん気さくな感じの人だ。まるでビスクドールのようにきれいで気品のある顔立ちなのに、話し方はとても砕けていた。

「この頑固者とは、パブリックスクールのイートンから、オックスフォード大学までいっしょだったんだ。最近は友人の縁を切られてるけど、うちの家族はここの一階に住んでるから、ギルバートは家主様というわけさ。今日は君に合いそうな服を持ってきた。ちょっとこれを着てみて」

クリスは、公爵家の使用人に運ばせた大きなスーツケースを開けて、中から淡い空色のシャツを取りだした。

直史は言われるままに、それに袖をとおす。柔らかい生地はさらりと身体にフィットした。さらに差しだされたズボンも試着して、ベルトを締める。

「ナオはやっぱり華奢だね。ギルバートから前もってサイズを聞いておいてよかったよ。とても似合ってる。着心地はどう？　ほら、鏡を見て」

公爵が何故自分のサイズを知っていたのか、疑問に思いながらも、直史はようやくクリスがデザイナーなのだと認識した。

部屋の中央には、わざわざ大きな鏡が用意されている。そこに映しだされた姿は自分のものではないようだった。

今まではジーンズが中心で、きちんとしたスーツなど一着も持っていない。せいぜい高校の時の制服ぐらいなものだ。それがしゃれたカットのシャツと、すっきりしたラインのズボンを身に着けて、鏡の中に立っている。

クリスの言ったとおり、直史は身長も百七十二とさほど高くなく、たいして筋肉もついていない。さらっとした癖のない髪。顔立ちはそこそこ整っている方だと思うが、その中で大きく見開いた目だけがやたらと目立っていた。

「すごくいい感じだよ。君には繊細なかわいらしさがあるから、この淡いブルーが合ってるね」

横からクリスに囁かれて、直史が頬を染めていると、すかさず公爵の鋭い声が飛んでくる。

「ブランドン、無駄口を叩かずに仕事をしろ」

「はいはい。それじゃナオ、このジャケットを着て、それからギルバートにも見せてあげて」

クリスは軽く公爵の言葉を受け流し、直史にオフホワイトのジャケットを羽織らせる。直史はそのあと肩に手をかけられて、カウチに腰かけた公爵に向かうように立たされた。

貧弱なだけの身体を、採寸の時からずっと見られていたのだ。直史は今さらのようにそれを思いだして羞恥に襲われた。

公爵はじっと細かなところまでチェックするように直史の全身を眺め、それからにこりともせずに一度だけゆっくり首を縦に振る。

「まあいいだろう。次のはどうだ」

「はいはい」

調子よく返事をしたクリスは、すぐに直史からジャケットを脱がせた。

代わりに、クリーム色の薄いニットを着せられる。そして直史はその後も、まるで着せ替え人形にでもなったかのように、何十着もの服を試着させられた。

「持ってきたのは一応これで全部だ。シューズサイズだけは見誤ったな、ギルバート。ナオの足は華奢だから、持って来たものは二、三足しか合わなかった。あとで代わりのを届けさせる」

「わかった、いいだろう」

公爵は渋々といった感じで返事をした。

靴のサイズを見誤ったと言われたことが気に障ったのか、それともクリスとはいつもこんな感じなのか、整った顔がすごく厳めしくなっている。

「お買い上げ、ありがとう」

クリスは大げさな所作で深く腰を折り、そのあとさらに言葉を続けた。

「ところで、今いいアイデアがひらめいたんだ。ナオのイメージにぴったりなディナージャケットとか、テールコートとか」

「フォーマルは必要ない。既にサヴィルローとジャーミン・ストリートから職人を呼んで、採寸を済ませた」

公爵はぴしゃりと要望をはねつけた。クリスはすかさずきれいな顔をしかめながら抗議する。

「おい、ギルバート。ぼくには絶対スーツを造らせないって、相変わらず頑固だな。いくらスーツはサヴィルロー、シャツはジャーミンで造るのが紳士の伝統だとされてても、今は他にもいっぱいいいデザイナーがいる。大昔からのこだわりもほどほどにしろよ。まさかぼくがイースト・エンドでショップを持ったことに、偏見持ってるわけじゃないだろうな？」

「うちでは代々スーツを造らせるメーカーが決まっている。それだけのことだ。店の場所など関係ない。とにかくおまえの入りこむ隙間はない。そういうことだ」

公爵の答えはにべもないものだった。

仲がいいのか悪いのか、よくわからない二人だ。

直史は二人の顔を交互に眺めていたが、そのうちふいに一つの名前を思いだした。

「あっ……もしかして、クリス・B《ビー》？」

ぼんやり呟くと、クリスが正解だと言うように、あでやかな笑みを見せる。

「ナオ、ぼくのデザインスタジオはイースト・エンドにある。うちにいるナオも君と同じぐらいの年だ。日本人同士、仲よくなれるかもしれないし、ギルバートには内緒で遊びにおいで」

「ありがとうございます」

こんなに大きな声で内緒だなんて呆れてしまう。それでも直史はくすりと笑いながら礼を言った。

クリスは世界的にも有名なデザイナーだったのだ。

トラッドをベースにした、シンプルなラインと抜群の着心地、それに適度な遊び心をプラスした『クリス・B』の服は男女問わずに人気がある。貴族出身とは聞いていたけれど、それがこんなに若くてきれいな人だったとは。しかも公爵の友人で……。

「ナオ、イースト・エンドだからね。待ってるよ」

「うちの被後見人は、おまえのところになど行かせない」

腹立たしそうに言った公爵は、カウチから立ち上がり、クリスと直史の会話を邪魔するように間に割りこんだ。

「はいはい、わかりましたよ。じゃあ、またね」

クリスは仕方なさそうに両手を広げ、そのあと華やかな笑みを残して部屋から出ていく。

公爵はおもしろくなさそうな顔のままで、友人のデザイナーを見送っていた。その横で直史は、残された膨大な数の服を見て、ため息をつく。

「クリストファー・ブランドンは相変わらずうるさいやつだ。ところでナオ、朝から色々と疲れたのではないか?」

「あ、いえ、そんなことはないです。ただ……」

直史は口ごもった。

すると公爵はふっと男らしい眉をひそめる。

「ただ、なんだ? 言いかけたことは途中でやめずに、最後まではっきりと言いなさい」

「はい……ぼくのために、一度にこんなにいっぱいの服」

直史は、厳しい表情にびくりとなりながら答えた。

公爵は結局、サイズの合わなかったものを除き、ほとんどすべての服を買い取ってしまった。それだけじゃなく、靴や下着、ベルトなどの小物まで、直史が一生かかっても持てないぐらいの品数が、たった一、二時間のうちに揃えられたのだ。

クリス・Bの服は決して安くはない。しかも本格的なスーツはこれからさらに別のところで仕立てるらしいし……。

死んだ両親は慎ましい生活をしていた。叔父のところもそうだった。今まで完全に庶民だった直史には、あまりの贅沢はかえって気が滅入ってくる原因にもなる。

「ナオ、昨日言ったはずだ。君はわたしの被後見人だ。シーモア家にふさわしい服装を揃えるのは必要なことだよ」

「でも、こんなにたくさんはいらないんじゃないですか?」

「これではまだ足りないぐらいだ。ロンドンの社交シーズンはもう始まっている。君がタウンハウスに籠もっているつもりならいいが、外へ出かけたいならもっともっと服はいるぞ。堅苦しいものは抜きにしても、オペラやミュージカル、バレエ、それにスポーツ観戦も社交の一つだ。アスコット競馬のロイヤルミーティングはもう終わったが、ヘンリーレガッタやウィンブルドン、全英オープンゴルフもある」

直史は驚きの思いで、公爵の貴族的な顔を見つめた。

テニスやゴルフの観戦まで、服装に気を遣うんだ……。

お金持ちが気まぐれで散財しているわけじゃない。直史は、第十八代アベンフォード公爵の被後見人。それにふさわしい身なりをしろと言われていたのだ。

「もう一つ言っておこう。服装だけで立派な紳士になれる訳じゃない。君はまずその遠慮深い態度を改めるべきだ。言いたいことがあるなら、これからはへんな遠慮をせず、いつもはっきりと口に出しなさい。いいな？」

「わかりました」

素直に答えると、公爵はようやく満足そうに頷いた。

「その服は似合っているよ、ナオ。ブランドンは感心しない男だが、センスは悪くない」

「あの……そう言えば、どうしてぼくのサイズをご存じだったんですか？」

直史がふと思いだしたことを尋ねると、公爵はにやりとした笑みを浮かべた。

「君は見るからに細いし、それに昨日挨拶した時に、だいたいのサイズはわかった」

「え？」

直史は聞き返したあとですぐ、公爵に抱きしめられたことを思いだした。

あの時にサイズを知られてしまったのかと、顔が赤くなりそうだったが、公爵は気にもしていない様子で、思わぬ提案を持ちかけてくる。

「シャツはそのままでいいから、そっちのジャケットに着替えなさい。ランチを取りに外へ出かけよう。ロンドンの街を見たいだろう？」

「はい」

公爵の誘いに、直史は思わず大きな返事を返していた。

これから長く住むことになる場所のことがとても知りたい。公爵は直史が何も言わなくてもそれを察してくれていたのだ。

直史は部屋に用意されていたガイドブックを思いだし、また胸が熱くなるようだった。

「どこへ行きたい？」

「あ、一番見たいのはバッキンガム宮殿です！」

勢いよく言ったとたん、公爵は苦笑した。

自分でも子供っぽいような気はしたのだが、昨日見たガイドブックで、一番のお薦めポイントに上がっていたのがバッキンガムだったのだ。

「バッキンガムの衛兵交代式が何時に行われているか、オコーネルに調べさせよう。君が見たいのはそれだろう？　それと宮殿には一般見学できる部屋もあるが、君がしっかりマナーを覚えたら、正式に中へも連れていこう。そのうちロイヤル・ファミリーに会える機会もあるだろう」

公爵のちょっとした優しい気遣いが、直史は震えるほどに嬉しかった。しかし最後に言われた一言で、浮かれた気分が半減する。

「ぼく、食事のマナーとか、ちゃんとできる自信ありません。外でいっしょにランチなんて、いいんですか?」

公爵に恥をかかせたくない。直史は紅茶ですらまともに飲めなかったのだ。人目のある場所で食事だなんて、遠慮した方がいいかもしれない。

「今日はそんなに肩の凝らない場所に連れていくだけだ。心配せずに早く着替えなさい」

「わかりました……」

ほっとした直史は、着ていたベストを脱いでジャケットに腕をとおした。

「ネクタイはこれがいい」

鏡の前で、直史は差しだされたベージュのネクタイを締める。

しかし、そのあと公爵に向き直ると、首を横に振られてしまう。

「ナオ、ネクタイが曲がっている。一回解いて、もう一度締め直してごらん」

「はい」

直史は再び鏡に向かい、ネクタイを解いた。そして苦労しながら結び直してみる。

高校の制服でも締めていたはずなのに、前に出る部分と後ろに隠れる部分のバランスが取れず、なかなかうまく結べない。

「そうじゃない。細い方をもっと短く持つんだ」

公爵にじっと見られていることが気になって、直史はよけいもたついてしまう。二度目に結び直したネクタイは、さらに不格好になってしまった。

公爵は見かねたように鏡の方へ近よってくる。

真後ろに立たれて、直史は一遍に緊張した。

鏡の中の公爵を見つめていると、背後から抱きしめるように、両腕をまわされる。

公爵にネクタイを取られたあと、直史はいらなくなった両手をどうしていいかもわからず、空中で握りしめた。背中で触れている布地をとおして公爵の体温が伝わり、落ち着かない。

「このシャツはウインザー・カラーだ。ネクタイもウインザー・ノットで締めなさい。最初はこう……それからこっちの端にかけて、次はこっちにまわして、最後にこの間にとおす。結び目の下に一つディンプルを作るようにするのが正しいやり方だ」

前方の鏡の中で、ワイドな襟の開きに合わせ、太めにネクタイが結ばれる。

直史は公爵の手先に集中しようとするが、結び方のこつはどうしても頭に入ってこなかった。

「ナオ……」

その時、鏡の中の公爵がそっと直史の顔に口元をよせてきた。

頬にふと温かな感触を感じる。

あっと思った次の瞬間にはもう、公爵の唇は離れていた。

頬に軽くキスされただけだ。親愛の情を示されただけ。なのに頬が熱くなってしまう。

どうしようと思っていると、公爵の手が両方の肩に置かれて、身体の向きを変えられる。

直史は正面から広い胸に抱きよせられた。

「ナオ……」

心の奥にまで直接響いてくるような深い声で名前を呼ばれ、少しだけ抱擁が解かれる。それから
そっと顎にかけられた指先で上を向かされた。

公爵のきれいな顔が近づいて、ほんの少し前、頬に感じたのと同じ感触で唇を覆われる。

えっ、唇にキスされている……！

直史は目を見開いた。

唇が触れ合っていたのは短い間だった。直史がびくりとなると、公爵はすぐに口づけをやめ、代
わりにじっと蒼い瞳で見つめてくる。

直史は反射的に身をよじり、公爵の腕から抜けだした。

これは親愛のキスだから……ただキスされたのが唇だっただけ。

直史は懸命にそう思いこんだが、心臓はどきどきと高鳴り、なかなか収まりがつかなかった。

——アベンフォード公爵の被後見人にふさわしい紳士となるために。

2

直史に対する厳しい教育はすぐに始まった。課題は、美しくクリアーな英語の発音に始まり、食事のマナーや優雅な立ち居振る舞いにまで及んだ。

朝、モーニングルームと名づけられた部屋で軽い朝食を取ったあと、公爵はシティへ出かける。直史の教育のため、しばらくの間仕事をするのは午前中だけだと言って、昼にはアベンフォード・ハウスへ戻ってくる。

それからマナーを厳しく注意されながらいっしょにランチを取り、午後は英会話のレッスン。他にも学ぶことは山ほどあった。

日本にいる時は狭いワンルーム暮らしだったのに、豪華な部屋を与えられているだけでも、本当は落ち着かない。

食事一つ取っても変化は激しく、朝食は一人でパンを囓るだけ、昼は学食やコンビニ弁当、バイトを始めてからだって、従業員用の食事をそそくさと食べるだけだったのに、ここでは前菜からメインまでが、ゆっくりと時間をかけて優雅に進む。

今までの直史は一人でいるのが当たり前だった。でも今は常に、公爵の優しく厳しい目で見つめられている。

そして新しい生活に慣れるだけでせいいっぱいで、自分のことを客観的に眺めている暇はなかったけれど、短い間に公爵の存在は、直史にとって何よりも大切なものとなっていた。

「ナオ、ずいぶんなめらかに話せるようになったな。単語力もあるようだから、あとは恥ずかしいという気持ちをなくせばいいだけだ。あ、それから君は、わたしの発音をあまり真似しない方がいい。わたしが子供の頃から話しているのは、今ではほんの少数の人間しか使っていない特殊な発音だ。さぁ四時になった。英語はここまでにして、お茶を持ってこさせよう」

公爵は気軽に立ち上がり、直史は手に持っていた初級用の英会話テキストを閉じた。

公爵の話し方には確かに少し癖がある。たぶん上流階級独特の発音なのだろう。

直史がテキストを使って直されているのは主に発音だった。子音をはっきりさせること。『L』と『R』の違いをクリアーにすること。だが、言われただけで簡単に直るようなら苦労はない。直史にはため息をつくほど遠い道のりだ。

公爵が内線で紅茶を頼み、執事のオコーネルが静かにワゴンを押してくる。

直史はカウチに腰を下ろし、公爵はその横の肘掛け椅子に長い脚を組んで座った。

オコーネルは直史の前のティーテーブルにトレイを移す。そしてポットから香りの高い紅茶が注がれ、そのあとにたっぷりのミルク。

どちらを先にするかは常に論争の的になるらしいが、公爵家ではいつも紅茶が先に注がれている。

今日はクリーム・ティーと呼ばれる庶民的なスタイルだ。一口大に切られたサンドイッチの皿、それに焼きたてのスコーン、そしてクロテッドクリームとジャムもいっしょに、ティーテーブルの上に並べられる。

サービスを終えたオコーネルが音もなく姿を消したあとで、直史はナイフでスコーンを半分に切り、そこにクリームとジャムを添えて口に運んだ。

とろけるような味わいは、短い間にすっかりお気に入りになったものの一つだ。

ミルクティーの入ったカップは、薄いグリーンの葉をアレンジしたものだった。

一日に何回も紅茶を飲むが、今まで一度も同じカップが使われたことがない。いったいいくつ紅茶用のセットがあるのかと、直史は呆れてしまう。

「すごいですね……」

「なんのことだ?」

「この素敵なカップです。毎日違うものが使われてるので」

直史はカップを捧げ持つようにして言った。

「ああ、これは亡くなった祖母の趣味だ。若い頃から集めていたらしいから相当数残っている。母はガーデニングが好きで、食器にはまったく興味を示さない。ただしまいこんでいるだけでは管理も大変だから、順番に使うようにさせているのだ」

公爵自身もさほど興味はなさそうで、淡々と説明される。

公爵が途方もないお金持ちなのは充分承知しているが、このカップだけでもきっと相当な財産になるんだろうな、と直史はちょっと下世話な想像をしてしまった。

「ナオ、カップは軽く持ちなさい。指先に入れる力はほどほどでいい」

「でも、落としてしまったら……」

直史が知っているのはせいぜいウエッジウッドぐらいだが、今手にしているものはもっと古そうで骨董的価値もありそうだ。一客いったいいくらするものなのか、見当もつかないが、万一指でも滑らせて、壊しでもしたらと思うとぞっとなる。

公爵は直史の言葉にがっかりしたように軽くため息をついた。

「ナオ、もっと自信を持って行動しなさい。力が入りすぎると動作がぎこちなくなる。それでは優雅に紅茶を飲むことはできない」

「はい……」

公爵に叱られて、直史は一遍に落ちこんだ。

元が貧乏人の自分は、些細なことが気になって、公爵の望むように堂々とした行動は取れそうもない。

「ナオ、日本の茶道と違って、アフタヌーン・ティーはさほど昔からある習慣じゃない。たかだか十九世紀の半ばに、ある公爵夫人のサロンで始まったものだ。固くなる必要などないと思うが」

公爵はなんでもない風に言うが、直史はなおさらカップを持つ手に力を入れてしまった。

茶道なんて知らない。やったこともない。十九世紀からある習慣だと言われただけで、直史には充分緊張の原因になる。

「ナオ、力を抜いて……できないなら一度カップをソーサーに戻しなさい」

声音は優しいが、公爵の口調には明らかに失望したような感じがある。

期待されているように優雅な振る舞いができないことが悔しくて、直史は唇を噛みしめた。

カップをテーブルに置くと、公爵はさっと自分の席を立ってくる。

「ナオ……」

そばに立たれ、直史がびくりとなると、長い指先で頬にそっと触れられた。すうっと下へ動いた公爵の指が顎に添えられる。

上向きにされて、じっと蒼い瞳を見つめると、今では条件反射のように心臓が高鳴るようになっていた。

腰をかがめた公爵に、掠めるようなキスを奪われる。

直史がびくっと反応すると、公爵は宥めるように何度も軽く唇を触れさせてくる。

「……ん……」

口づけられるのは初めてじゃない。ネクタイが曲がっていると注意を受けた日から、何度も軽いキスをされていた。

こんなのに慣れることは絶対にない。最初は挨拶のキスと思ったけれど、これは……。

でも、公爵には逆らえない。

それにどうしてこんな風にキスするのか、尋ねることもできなかった。

困るのは、唇に触れる感触が決していやじゃなくて、公爵の口づけを拒めないことだ。

「ナオ……」

耳元に魅惑的な声が落とされて、直史はぞくりと背筋を震わせた。

公爵はカウチに座った直史の左隣に腰を下ろしてきた。横並びの状態で肩を抱きよせられる。

「さぁ、これで力が抜けただろう。もう一度カップを持ってみなさい」

「そんな……っ」

直史は思わず身を竦めてしまった。

公爵をがっかりさせたくないのに、肩を抱かれていては、今さらのように羞恥が湧いて、手が震えてしまう。

それにこれは、優雅に紅茶を飲むためのレッスンだったのに、よけいなことばかり考えていた。

「さぁ、ナオ、早くしなさい」

公爵に催促されて、直史は恐る恐るカップを持ち上げる。

「あ、うまくできない……手が震えて」

「どうして？」

「だって、あなたがそばにいるから」

「かわいいことを言う……そんな風だと、キスするのをやめられなくなるぞ、ナオ」

直史はいきなり強引に正面を向かされて、抱き竦められた。公爵の腕には思いがけないほどの力が込められている。

「あ、カップ、落ちる……っ」

ミルクティーは飲み終わっていたけれど、宙に浮いたカップから今にも指が離れそうだ。

それでも公爵の力はゆるまない。

「カップはどうでもいい」

怒ったような声と共に、再び唇が塞がれる。

「ん……んんっ」

キスは今までされた、どのキスとも違っていた。初めて経験する荒々しさだ。

直史は一瞬恐怖を感じたが、何度も強く唇が押しつけられて、その上舌先で表面をなぞられる。

何故だか身体中が痺れたようになって、指先から力が抜けた。そして本当にカップが指から滑り落ちる。

カチャン、と小さな音を聞いて、あっと叫び声を上げそうになった時、突然公爵の舌がするりと口中に潜りこんでくる。

「……！」

根元から絡めるようにされて、直史は心底驚いた。怯える舌を引きずりだすようにされて、そっと根元から吸い上げられる。

ぞくっとなった未知の感覚に、身体をよじって抗ったが、公爵はすごく強引だった。

「ん……ふ……っ」

隅々まで探るように公爵の舌が動きまわる。

身体中がかっと熱くなり、キスされている口全体が痺れてきた。

こんなのはだめだ。公爵から離れないと……。いやなら押しのければいい。いやだとちゃんと口に出せば、公爵は言うことをきいてくれるはず。

そう思って直史は両手で広い胸を押した。でもあまりに激しいキスでふわりと意識までが遠くなってくるようで、全然力が入らない。

直史は逃げるどころか、逆にぐったりと公爵の逞しい胸に縋りついてしまった。

「んっ……ふ……」

散々貪られたあとで、ようやく唇が離される。

直史は動悸が収まらず、大きく肩で息を継いだ。

こんな風にキスされたのがまだ信じられず、目を見開いて整った顔を見つめる。

公爵は黙ったままで、じっと顔を覗きこんでいた。そして直史に散々キスした唇から、ぽつりと掠れたような声が漏れる。

「すまなかった……君があまりかわいいので、つい我慢できなくなった」

直史はぴくりと反応した。

謝って欲しくない。

瞬間的にそう思ってしまう。けれど、接近していた大きな身体はすぐ元の位置に戻り、公爵は珍しくがっくりと疲れたように、眉間に皺をよせる。

「ナオ……君はもっと自分の意志を大切にしないといけない。わたしが君にキスするのがいやだったら、はっきり拒絶しなさい。いつも言うように、へんな遠慮をするのはよくない。いいな?」

優しく言い聞かせるような口振りだったけれど、突き放されているような気がした。

公爵の視線は、脚の上で組んだ自分自身の手に落とされている。

いつもの蒼い目が伏せられているのを、直史は寂しく感じた。こんな風に距離を置かれることが寂しくてたまらない。

散々キスしたあとで、今の言葉……。

どう考えればいいのか、わからない。

公爵はいったいどういうつもりで、自分にキスをしたのだろうか。

あんなに情熱的なキスも、やっぱり親愛の情を示すためだけのもの?

一つだけ、はっきりしていることがある。

いやじゃなかった。公爵にキスされたのは、少しもいやじゃなかったのだ。

直史は、自分の中にあった気持ちが、自分でも信じられず、呆然となっていた。

＊　＊

ロンドンに到着して一週間。

その間、一日も休まずに直史のレッスンは続いていた。公爵に連れられて、直史は何度か外へも食事に行ったが、たいていは自分の部屋に籠もって色々と教えを受けている。

公爵はアベンフォード・ハウスにいる時も、きちんと上品なスーツに身を固めている。好んで着けているのはグリーンベースのレジメンタル・ストライプタイ。公爵が所属しているクラブのタイなのだそうだ。

伝統ある紳士クラブなんて、どんなだか想像もつかないが、直史が二十一歳になったらそこへも連れて行くと言われている。

この日直史はクリス・Bのクリーム色のシャツと、丈の短いモスグリーンのジャケット。同色のズボンを組み合わせて茶色のベルトを締めていた。

ランチのあと、直史は自分の部屋で、公爵から分厚い本を手渡される。

「ナオ、前から気になっていたのだが、君は少し姿勢が悪いようだ。立っている時、左の肩が少し下がる癖があるから直しなさい。これを頭の上に載せて、その辺を歩いてごらん。背筋をぴんと伸ばして堂々と」

「これを頭にですか？」

手にずしりと重みがかかった革表紙の本は、古い歴史書で、表に金色の浮き彫りがある。それは獅子と薔薇の花を象った、シーモア家の紋章だった。

「レディは昔からこの方法で優雅な歩き方を覚えた」

「でも、ぼくは……」

――レディじゃない。

直史はそう言いかけた言葉をのみこんだ。公爵が厳しい顔でにらんでいたからだ。

紳士教育のはずなのに、女の子の真似は恥ずかしい。しかし公爵は許してくれそうもない雰囲気だ。直史は仕方なく重い本を自分の頭に載せた。

一歩、また一歩。本を落とさないよう、両手を広げてバランスを取りながら前進する。

「いいぞ、その調子だ」

慎重に部屋の中を進み、壁に突き当たったらターンしてまた元へ。室内のところどころに置かれた家具にぶつからないように、時折コースを変えながら歩く。

何回かくり返すうちにこつがわかり、少しはスピードをつけられるようになった。

「よし、そこでストップ。今度は立ったままでじっとしていなさい。何があってもそのまま本を落とさないように。いいな？」

「え？」

不安に思った直史は視線だけで長身を追いかけた。

公爵は直史の前まで来ると、腰をかがめるようにして顔を覗きこんでくる。

高貴できれいな顔を見ただけで、心臓がどきんとなって、本を落としてしまいそうだった。

なのに公爵はそっとその端整な顔をよせてくる。

息を詰めていると、そっとキスを奪われた。

「ん……っ」

直史はびくっと揺れたが、なんとか本を落とさずに持ちこたえる。

次に公爵は、直史の前でゆっくり両膝をつき、本格的なキスを仕かけてくる。

舌を滑りこまされて、濃厚に絡められる。

こんな時にこんなキス！

抵抗しなくてはと思うが、動くなと命令されたことが枷になる。

「……ふ……う……ん」

鼻にかかった声が漏れて、頬が上気した。息が苦しくなるまで貪られ、直史は頭に載せているものことも忘れて、大きく肩を上下させる。

「目が潤んできたな……君はほんとにわたしを惑わせる……いいか、ナオ、これからも絶対に動いてはいけないぞ」

キスをやめた公爵は、ため息をつくように囁いた。

今度は何をする気だろうと直史が心配していると、公爵の長くてきれいな指が胸に伸びてくる。

「あっ」

着ていたシャツのボタンを一つ、二つと外されて、直史は思わず声を上げた。

「何があっても、その本を落とすな。落としたら罰を与えるぞ」

「そんな……」

シャツの前がはだけられて、胸が剥きだしになる。ひんやりとした空気に素肌がさらされた。

薄い胸を見られ、かっと羞恥が涌く。

こんなのひどいと思うのに、何故か直史は逆らえなかった。

動かないようにじっと息を潜めていると、公爵の指がすっと素肌に触れる。

「あっ、やだ……っ」

とたんにびくっと大きく震えがきて、腰が退けた。勢いで本も落としてしまいそうになる。

「動くな」

鋭く叱責されて、直史は唇を噛みしめた。

ぶるぶる震えてしまいそうだが、必死になって理不尽な行為に耐える。

公爵の指先が再び胸の上をなぞりだす。小さな突起を掠めるようにされて、ざっと肌が粟立った。

一瞬にしてきゅっと固くなった先端は、さらにかっこうの的になったようで、二本の指先でいきなり右の乳首をつまみ上げられる。

「やっ、落ちるっ。お、お願いです……もう、やめてっ」

びくっと大きく震えながら、直史はとうとう泣き声を上げた。

「ナオ、我慢しなさい」

「でもっ」

こんな恥ずかしいことをされるなんて我慢できない。

身体中が爆発したように熱くなっている。公爵の指はたった二本。なのにつままれた小さな部分からずきんと強い刺激が起きる。

あちこちが沸騰したように熱い。恥ずかしいことに異常な熱は、あっと言う間に下半身に伝わって、目の前で跪いている公爵に、いつそれを感づかれてしまうかと、生きた心地もなかった。

「君は本当にかわいい反応をする」

「あ、やあ……もうできない」

楽しげな声を出した公爵に、直史は我知らず甘えた調子で訴えかけた。

「どうして？」

「だって……恥ずかしい」

「どうして恥ずかしい？　もしかして、ここがこんなになったからかな？」

ぽつりと放たれた言葉のあとに、とうとう公爵の手が下腹にまわる。布地の上からそっと包みこむように中心を握られた。

知られてしまった！

かっと襲った羞恥で、直史は大きく体を揺らせた。

「あああっ」

弾みで頭から本が滑り落ちる。床に落下する寸前で、公爵はそれを片手で受け止めた。がっくりと力の抜けた直史の身体は、もう一方の手でしっかりと支えられる。

公爵は手近なテーブルに本を置き、直史は抱きかかえるようにされて、カウチに座らされた。

それで許してもらえるのかと思っていたら、反応を示した場所をまた手のひらで押さえられる。

「あっ、公爵！」

あまりの羞恥で硬直している間に、公爵は正面から器用に直史のベルトをゆるめ、中まで長い指先を忍びこませてきた。

「ああっ、だめ……っ」

直にそこを握られて、直史はとっさに日本語で叫んだ。

NO、と公爵を押し返したいのに、息が苦しくてあとが続かない。

「もうこんなに大きくしていたのか、ナオ。その上しっかり濡れているようだ」

公爵は小さく笑いながら、張りつめたものを握ってくる。

羞恥を誘う言葉に、直史はぶるぶると首を左右に振った。

「ああっ、いやっ」

つかみとられた中心をさらに煽り立てるように揉みしだかれて、直史は大きく仰け反った。

「かわいいね、ナオ。こうやって軽く擦っただけで、先からどんどん溢れてくる」

くるくると、濡れた先端を指先でまわされる。恥ずかしい反応を暴かれて、直史は身もだえた。

「やっ、ああ……」

「最後まで本を落とさずに頑張ったご褒美だ。もっと気持ちよくなるように、かわいい乳首もいっしょに触ってあげよう」

公爵は頭を下げ、直史の胸に唇をよせた。過敏に尖っていた乳首の先端に歯をあてられて、直史はびくっと腰を浮かせた。

一遍に達してしまいそうになったのを、ぎゅっと公爵の手で堰き止められる。

「ああっ、やっ……ああ」

解放を阻まれたまま、もう片方の手で上下に強く中心を擦り上げられた。その上敏感な乳首の先端は、公爵の舌先で転がされる。

「ナオ、どうして欲しいか言いなさい」

「あっ……あああっ」

翻弄されるままに直史はがくがくと首を振りながら、公爵の肩に縋りついた。

乳首はまだ公爵の口にくわえられている。そこに自ら胸を押しつけるようにしてしまい、さらにどうしようもないことになる。

「ああっ、や……っ、もう」

大きく泣き声を上げた時、ようやく指の縛めが解かれた。

公爵の手にどくりと白濁をこぼす。

強い解放感で意識が飛んでしまいそうになった直史は、公爵に優しく抱きしめられた。

目尻から涙がこぼれていた。悲しい訳じゃない。ただ信じられないことをされてしまった驚愕を、自分で持て余しているだけだ。

「何故こんなこと……なさったんですか?」

動悸が収まり、乱れた着衣を直されている間に、直史は震える声で抗議した。すると公爵は少し困ったように首を傾ける。

「ナオ、君がして欲しそうな顔をしていたからだ」

「そんな……っ」

熱は引いたはずなのに、直史はまた赤くなった。

まるで直史の方が公爵を誘ったような言い方だ。なんでもないただのレッスンだったはずなのに、過剰に反応してしまったことを責められているようで、いたたまれなくなる。

「君があまりにかわいい顔をするから、途中でやめられなくなったんだよ、ナオ……言ったはずだ。いやなら本当にいやだと言わないと……それともう一つ。これからはわたしのことをあまり信用しないようにしなさい。いいな？」

念押しされるように言われ、直史は何度も首を横に振った。

これでは、いじめられているようだ。

いつだって公爵の期待には応えたいと思っているのに、公爵を信用するななんて、そんなことはできない。絶対に無理だ。

それに、どうしても本気でいやだとは言えなかったのだ。

公爵がどうしてこんな行いをするのか想像もつかない。ひどいことをされたと思うけれど、たぶん……違う、本当にいやじゃなかった。どんなにされても公爵にされるのならばいやじゃない。

「ナオ……そんな顔をするんじゃない。わたしは君をいじめているわけじゃない。わかるな？」

「公爵……」

よほど情けない顔をしていたのだろうか。公爵は直史を慰めるように、髪の毛を撫でてくる。まるで小さな子供を宥めているような仕草だった。

大きな手のひらで両頬を挟まれて、くっと噛みしめていた唇にも優しいキスが落とされる。

直史は静かに公爵の口づけを受け入れた。

公爵のことをどう考えていいのかわからない。レッスンにかこつけて、こんなことをするなんて理不尽だ。でも直史は絶対に公爵を嫌いになれない。

そして、この優しいキスは好きだった。

＊　＊

公爵との関係は、レッスンが進むにつれ、さらに近づいていく。

いつの間にかキスは当たり前。抱きしめられることも、日常の挨拶となんら変わることなく身近な行為となってしまった。

しかしレッスン中の公爵は相変わらず厳しくて、容赦なく色々なことを覚えさせられている。だから直史にはゆっくり自分を見つめている暇がなかった。

公爵が本当は何を思っているか知ろうとするのが、なんとなく恐くて、あまり考えないようにしていたと言った方がいいかもしれない。

「ナオ、姿勢は完璧になった。君は覚えがいい。優秀で、わたしも満足だ。これならすぐにでも社交界でデビューできそうだな。うるさいほど招待状が集まっているから、そのうちの一つに君を連れて出かけることにしよう。それだと残る問題はダンスだな。君は踊れるか？」

「いいえ、ダンスなんてそんなのしたことありません」

いつもの英会話レッスンが終わったあとで、とんでもないことを尋ねられて、直史は焦り気味に首を横に振った。

公爵の言うダンスは、きっとワルツとかタンゴとかのことだろう。経験がないどころじゃない。人が踊っているのだって、映画やビデオで見たことがあるぐらいで、まったく縁遠い世界だ。

公爵はゆっくり椅子から立ち上がって直史に近づいてきた。

「それならダンスも教えないといけないな。両手を出してごらん」

命じられたことには、条件反射のように従ってしまうのが、この頃の直史の癖になっている。

素直に両手を出すと、障害物のないフロアの中央に誘導される。そこで直史は右手を肩より上まで持ち上げられた。左腕は公爵のそれに載せるようなポーズを取らされる。

「いいか、ナオ。これが最初の構えだ。君は女性役。実際は反対だが、先に自分がリードされる側になってみなさい。どういう風にされたら動きやすいか、身をもって経験した方が上達が早い」

公爵を相手に女性役をするのは、なんだか恥ずかしい気がしたが、直史はこくりと頷いた。

「まずはワルツにしよう」

こんなの絶対無理だ。そう反発したかったが、直史はやっぱり逆らえなかった。

公爵の手が軽く背中にあてられてる。

と、ほとんど同時にすっと身体が動いた。一度も踊ったことがないのに、足も自然と流れるようなステップを踏む。公爵はよほど優れた踊り手なのだろう。リードされた直史も、無意識のうちにワルツを踊りだしていた。

「そうだ、いいぞ、ナオ。無駄な力は入れずにわたしの動きに合わせて」

「はい」

直史も筋は悪くなかったようで、すぐに難しい動きでも公爵についていけるようになった。

いくつかステップを覚えたあとは、実際に音楽をかけて踊らされた。

途中で、公爵がオコーネルに持ってこさせたCDは、本当にダンスの練習用だったらしく、曲の調子が次から次へと変わる。

軽快な四拍子の曲から優雅なワルツ、情熱的なタンゴ。そして最後にうんとスローで静かな曲。

直史は踊り疲れたこともあって、ほうっと息をつきながら、公爵の胸にもたれていた。

「疲れたか、ナオ?」

「いいえ、そんなことありません。こうやって音楽に乗ってると、なんだか気持ちよくて」

力強い腕の中に収まっていると、色々なものから守られているようで本当に安心できる。

ゆったりしたリズムに乗って、ゆらゆら気持ちよく揺れている時だった。

直史は突然ぐっと公爵に腰を引きよせられる。

「あ……っ」

陶然となっていた直史は焦った声を上げた。

こんなに接近するのは困る。抱きしめられたままで、下半身を密着させられると、とても困ったことになる。

「ナオ……君はどうしてわたしを煽るようなことばかり言うのだ？　またキスしてしまうよ」

耳に直接息を吹きこむように囁かれて、頬が一遍にかあっと熱くなった。

今、キスされたら困る。いきなり大きく鳴りだした心臓の音だって、公爵に知られてしまう。

それに頬が熱くなっただけじゃない。またこの前みたいに、とんでもないところにまでその熱が伝わってしまう。

恐怖に襲われた直史は無我夢中で公爵から離れようとした。けれど、いくらもがいても、公爵の腕はゆるまない。

「あ……離して下さい」

いやなことははっきり断れと言われていたのを思いだして、直史は口にした。

「何故？　わたしにキスされるのはいやなのか？」

「え……違う」

掠れたような声で聞き返されて、直史はぞくりと身体を震わせた。

公爵の低い声を聞いただけで、どくりと血液の集中する感じがあって、さらに追いつめられてしまう。

それにどうしていやなのか、答えるのはあまりにも恥ずかしい。

「それじゃ、ここが熱くなってしまうからか？」

直史が答える前に、公爵の手が前に滑り落ちた。

「あっ、や……っ」

隠しておきたかったのに、変化したものをつかみ取られ、直史は息をのむ。

「こんな風にかわいい反応を見せられては、離してやれないな、ナオ」

「だって、いやならそう言えと……」

「本当にいやなのか？」

そうまともに聞かれても、すぐには答えられない。

いやだと言いたかった。でも結局、直史が発しようとした拒絶の言葉は、返事を待ちきれなかったような公爵のキスにのみこまれてしまった。

「ふ……んんっ」

しっとりと重ねられた唇は、すぐに情熱的な口づけになる。

深く舌が絡められるキスは気持ちがよくて、自然と自分から縋りつくようにしてしまう。

張りつめて蜜を零している中心にもまた刺激が与えられ、直史は快感のままに腰をくねらせた。

「……ふ……あっ」

唇が離されたと同時に、身体がふわりと浮き上がる。

「君にダンスを教えようとしたのが間違いだったな」

公爵は何故か怒ったように言って、直史を抱き上げたままで歩きだした。広い胸に顔を埋めていると、微かに公爵がつけているフレグランスの香りがする。

寝室まで運ばれて、そっとベッドの上に下ろされた時も、半分夢の中にいるような心地だ。

これから何が起きるのか、快感にとろけたような頭では、はっきり自覚することさえできなかった。ただもっとキスが欲しかった。そして公爵の腕に包まれていたいという欲求だけが強い。

ぼんやりとなった中で薄目を開けると、間近に熱のこもったような蒼い瞳がある。

直史は微かに微笑んでみせた。

するとすぐさま唇を塞がれる。

キスは期待した以上に甘く、直史は無意識に公爵の首に腕を巻きつけていた。

自分から口を開いて、もっと淫らなキスをねだってしまう。

「君には本当に誘惑されてしまうな……」

ぞくりとなるような声でそんな台詞を囁かれ、着ていたものを順番に脱がされる。

露わになった素肌に唇をつけられて、直史はぴくりと反応した。

「シルクのような肌だ。すべすべしていてしかも熱い。まるで指先に吸いついてくるようだな」

羞恥を誘う言葉だ。

けれどすべてが夢の中のできごとのように進んでいくから、抗えない。

「いやならそう言いなさい、ナオ。今ならまだやめられる」

「……」

考える暇を与えられて、今さらのように恐くなる。

やめて欲しい。

直史は唇を震わせ、懸命に目で訴えた。

でも公爵の蒼い瞳とぶつかると、それが言えなくなってしまう。

これから何が起きるのか、恐いけれど、このまま離れたくない気持ちもある。

直史が迷いながらも拒絶しないことがわかったのか、公爵はふっと微笑んで、愛撫を再開した。

胸の頂きをつまみ上げられて、いっそう深い刺激を感じ、びくっと大きく腰が浮く。

「ああっ」

恥ずかしいほど大きな声が出てしまった。

この前、男でもそこが感じるのだと教えられたばかりの場所だ。

公爵は直史の反応を一つ一つ確かめるようにしながら指と舌先を使った。

つまみ上げられた乳首は、すぐあとで温かい口中に含まれる。

軽く先端を吸い上げられると、じわりとした疼きが生まれる。敏感に勃ち上がったところに歯をあてられて、びくびくっと身体中が震えた。

「あ、ああ……っ」

刺激を受けて、下半身は恥ずかしいほどに張りつめている。公爵の手でそれを柔らかく握りこまれ、直史は大きく背中を反らせた。

「ああ……あっ」

リズミカルに煽り立てられて、ひっきりなしに喘ぎ声が出る。指で作った輪で、くびれを引っかけるようにされると、先端からじわっと蜜が溢れてきた。

恥ずかしくてたまらないけど、気持ちがいい。

「かわいいよ、ナオ」

囁かれた直後、公爵は頭を下の方に動かした。

濡れた唇が首筋から敏感な乳首の先端を掠め、さらに下へと滑っていく。

びくびくと身体を震わせていると、いきなり張りつめている中心が温かい感触で包まれる。

「あっ、だめっ……そんな、いやっ」

公爵が自分のを口に含んでいる！

直史は激しく身体をよじった。

「そんな、きたない……いやだ……ああっ」

連続して拒絶の言葉を発したが、離してもらえない。

直史は懸命に公爵の肩を押そうとしたけれど、全然力が入らない。圧倒的な快感に支配されて、直史は目尻から涙をこぼした。

人からこんなことをされるのは初めてで、どうしていいかもわからない。

今にも弾けそうなものを根元までしっかりとくわえられて、絞られる。手ではずきずき痛くなるほど尖った乳首の先端をいじられる。

「やっ、離して……もう、だめ……っ」

全体を吸うようにされて、直史は我慢できずにあっさりと欲望を噴き上げた。

頭が真っ白になるほどの快感に包まれながら、高貴な公爵を欲望で汚す。

「ごめんなさい……ごめ…」

大きな罪の意識と解放後の虚脱感が交錯して、直史はとうとう泣きだしていた。

「ナオ、かわいいよ。気持ちがよかったのだろう」

「あ、公爵……」

溢れた涙を指先ですくわれて、頬にそっと宥めるようなキスが落とされる。

「これぐらいで、そんなに泣くようでは、この先はとても無理だな」

ため息をつくような、がっかりしたような声に、直史は涙で曇った目を見開いた。

公爵の瞳は欲望に濡れたように、いつもに増して蒼く光っている。

この先も求められている……。

そう感じたとたん、直史の胸に迫ってくる思いがあった。

公爵が好き。

この人が好きだ。

孤独だった直史を家族にしてくれて、こんな風に抱きしめてくれる公爵が大好きだった。

直史はそっと力の入らない腕を公爵の首筋に巻きつけた。

恐いけれど、本当に求められているなら、最後までして欲しい。

公爵にそれが伝わるように、直史は細い腕でしがみついた。

「ナオ……」

耳元で熱っぽく囁かれ、またぞくりとなった。身体中を震わせていると、強く抱きしめられる。

「ふっ……ん」

優しく何度も背中を撫でられて、直史は安堵の吐息をついた。

公爵の腕にぎゅっと力が入り、そのあと、背中にまわされていた手がすうっと下に滑っていく。

「あ……んっ」

首筋の敏感なところに口づけられて、びくりとなっている間に、公爵の指は後ろの谷間にまで達した。

探るように狭間が撫でられる。

さすがに恐怖を感じてびくっと腰を退こうとした時に、指先が中に滑りこんだ。先程直史が溢れさせたものを受け止めた手は濡れていて、容易に深みへ侵入する。

「あ……ああ……あ」

生まれて初めて体験する感覚に、直史は連続して声を放った。

身体の奥を異物で犯されている。

痛みはない。あるのは異様な圧迫感だけだ。

直史が惑乱している間、張りつめた前もいっしょに刺激を受けている。

公爵は時折溢れた雫を後ろへ運び、中を犯す指に潤いを与えている。

「熱くて、吸いついてくるようだ。痛くはないな？」

低い声で確認されて、羞恥でかあっとなりながらも、直史は首を横に振った。

公爵の指はするっと途中まで抜き取られて、また奥まで押しこまれる。

「ああっ……」

公爵の指が出し入れをくり返すたびに複雑な動きを加えてくる。最初は違和感しか覚えなかった場所で、徐々に熱が生まれていた。

そのうちに身体中が大きく飛び上がってしまうような場所に触れられる。

「ああっ、やっ」

驚きで、直史は大きく仰け反った。

「ナオ、大丈夫だ」

宥めるように言われたけれど、そこを触られるのは我慢できない。なのに公爵はまた同じ場所を探ってくる。恐いほどの疼きが生まれ、じっとしていられない。

「やあっ、そこ……やっ、触らないで」

「ナオ、もう少しだから我慢しなさい」

直史が泣き声を上げても、公爵はそこをいじるのをやめてくれなかった。

懸命に首を振ると、さらに指の数を増やされて同じポイントを擦られた。円を描くように、また何度も押し上げるように刺激され、どんどんわけがわからなくなる。

「そろそろいいようだね、ナオ」

公爵は直史を侵していた指を抜き取って、身体も離した。

ぼんやり薄目を開けると、公爵は着ていた服を脱ぎ捨てている。逞しい肩や胸が剥きだしになっていくのを、直史は熱のこもった目で見つめた。

公爵はすぐにまた覆い被さってきた。

だらりとなっていた両脚をさらに広げられ、羞恥を覚える暇もなく腰を抱え直される。

散々解されてとろけたようになった狭間に、灼熱の塊が押しつけられる。

「あ……」

熱い感触に恐怖を感じ、直史はびくっと身体を震わせた。

「ナオ……かわいいよ。これが最後のチャンスだ。無理強いはしたくない」

直史は公爵を見つめながら、必死に微笑もうとした。

恐い……本当は逃げだしたい……。

でも、公爵が大好きだから……望まれているなら、最後まで抱いて欲しい。

「ギル……バート」

直史は勇気を振り絞って、掠れ声で公爵の名前を呼んだ。

次の瞬間、蒼い目がきらりと光り、ぐっと硬い切っ先をめりこまされる。

「やっ、やあっ」

予想外の大きさに、直史はどっとまた恐怖に襲われた。

身体が無意識に逃げを打ってずり上がる。

それを公爵は腰に手をかけて、容赦なく、ぐっと手前に引き戻した。

「ナオ……悪いが、もう……」

熱くて逞しいものは圧倒的な力で直史の狭い中に侵入した。

「あっ、やああ——っ」

無理やり開かれていく痛みで悲鳴が出る。

けれど灼熱の杭は、どこまでも入っていった。

「ナオ、よく頑張ったね……全部君の中に入ったよ」

汗で額に貼りついていた髪が払われる。

声を出すどころではない。直史は狭い中に大きなものを入れられた苦しさで、せわしない呼吸をくり返すだけだ。

公爵は上体を浮かせるようして、直史の中心を手に取った。力をなくしていたものを握られて、軽い刺激が与えられる。

「あ……」

苦しいのに、どくりと熱が復活した。

公爵はふっと微笑みを見せ、胸にも指を這わせてくる。

串刺しにされたままで敏感な乳首をつかみ取られ、直史はぶるっと震えた。

「あ……っ」

ぎゅっと中の公爵を締めつける。

熱い脈動が敏感な壁をとおして伝わった。

自分自身で中に入れられたものの大きさを確認したようで、直史はさっと羞恥に襲われた。

「慣れてきたようだね、ナオ。苦しいだけじゃないな?」

確かめるように聞かれ、さらにうろたえる。

身体の芯を巨大なもので貫かれているのに、感じているのは痛みだけじゃない。それを公爵に知られている。

あまりの恥ずかしさに、直史は必死に首を振った。

「あとはもう気持ちよくなるだけだ、ナオ。わたしも我慢できなくなった。君をいっぱい愛させてくれ」

言葉と同時にゆっくり腰を揺さぶられる。

直史の壁は公爵の熱を悦ぶように吸いついていた。

ゆっくり抜き取られていくと、よけいに生々しく大きさを感じる。こじ開けるように押し戻される時は、自然とそれを迎え入れるように襞がうごめいた。

硬い切っ先で弱い場所を集中的に突き上げられる。

「いや……ああっ、そこ、いやっ」

直史が泣き声を上げても、ぐるりとまわすように何度もそこがえぐられる。

そのたびにたまらない疼きが生まれ、全身に熱がまわった。

公爵の手に取られている中心は、もう爆発しそうなほどになっている。

深くまで腰を突き入れられるたびに、先端からは蜜が滴り落ちた。

「ナオ……ナオ」

何度も名前が呼ばれ、目の前の逞しい胸に縋りつく。

公爵の動きが早くなり、直史は揺らされるままに声を上げ続けた。

「ああ――――っ」

昇りつめると同時に、内部で熱い飛沫を感じる。

目の前が真っ白になり、そのあと直史はふうっと何もわからなくなっていた。

3

「ナオ様、フォーマルスーツと乗馬用のジャケットなど、クローゼットにお入れしておきますね」

ミセス・ケントは直史にそう言うと、さっと手を上げて控えていた使用人に合図を送る。

部屋にやって来たのは五人ほど。それぞれが大きな箱を抱えている。次から次へとディナージャケットやテールコートが収められていくのを見て、直史はこっそりため息をついた。

いくら広いクローゼットでも、毎日のように届く衣装で隙間がなくなっていく。しかも今のところはまだ夏用だけで、公爵はこのあと秋冬ものも用意する気でいるらしい。

自分のために途方もなくお金が使われていくのを目の当たりにして、直史は身震いするようだった。これぐらいでびびっていては、公爵の被後見人としての自覚が足りないと、また怒られてしまうかもしれない。けれど慎ましい生活をしてきた身では、なかなかこんな贅沢に慣れることはできなかった。

両親を失ってからずっと寂しい思いをしてきた直史にとって、今の幸せは何物にも代え難い。こんな悩みを持つこと自体が贅沢だとは思うけれど……。

公爵が好き。

初めて最後まで抱かれて以来、自覚はどんどん膨らんでいくばかりだが、被後見人という立場にこのまま甘えていていいものなのだろうか。

今は何一つ不足のない、贅沢で満ち足りた生活をしているけれど、本当にこれは現実のことなんだろうかと、時々不安になる。

ある日突然、今までのことは全部あなたの夢だったのですよ——そうやって夢から覚めてしまうのではないだろうか。

直史はチェストの引き出しから両親の写真を取りだして、再びため息をついた。

中学に入学した時に、珍しく家族揃って写真館で撮影したものだ。

母は誇らしげに和服を着て、父はいつもと変わらぬスーツ姿。真面目で、おしゃれという感じからはほど遠かったけれど、何故か直史の肩に置かれた手には金色の太い指輪が填められている。父には似合わないその指輪のことを、直史はいつも不思議に思っていたものだ。そして少し固い表情の父と優しい眼差しの母との間には、緊張気味の自分がいる。この写真を撮ったすぐあとで、両親は事故に遭い、帰らぬ人となったのだ。

最初のうちはこれを見て散々泣いた。でも時間が経つうち、今ではこの写真を見るたびに励まされているような気分になった。

蛇腹の蓋がついている大きなライティングビューローの中に、パソコンが用意され、直史は今ネットを使って勉強していた。公爵の心づくしは細かなところにまで及び、わざわざ日本語のハードが入れられている。

午前中、公爵はいつも、世界の金融マーケットの中心といわれるシティに出かける。詳しくは知らないが、シーモア家の所有している銀行や保険会社の経営、そしてあちこちにある広大な所有地の管理などが主な仕事らしい。

そして午後は、直史を手ずから紳士に仕立て上げようとする試みのために、アベンフォード・ハウスに戻ってくる。

厳しい教えを受けたせいで、最初はぎこちなかった英会話の上達もめざましいし、ダンスのステップも覚えた。姿勢を正し、優雅なマナーで食事をし、今では大学に入学する準備も進めている。

いつか、本当にいつか、直史も公爵の仕事を少しでも手伝えるようになれたらいいな、と思うようにもなっている。

けれど直史の不安は、自分が変わっていくのと平行するように続いていた。どうしても今の姿が本当の自分だと信じきれないのだ。

直史はクローゼットから居間の窓辺の方に移動した。

ワイン色の天鵞絨と、白い、手の込んだレースのカーテンがかけられた窓から外を眺める。

視界いっぱいに広がっているのは大きな公園だ。メイフェアには、古い貴族の館を改装した名門ホテルがたくさん並んでいる通りもあるが、アベンフォード・ハウスは、そこから少し離れた場所にあるので、観光客の姿を見かけることもなく、いつも静かだ。

直史がぼんやりと物思いにふけりながら、瑞々しい公園の緑を眺めていた時だ。

ジリリと室内で電話の鳴る音がして、クローゼットの片づけを続けていたミセス・ケントが受話器を取り上げる。

「ナオ様、ロード・レンスターからお電話ですよ」

「え、ロード・レンスターってクリス？　ぼくに？」

思わず聞き返した直史に、ミセス・ケントはにこっと笑いながら頷く。

クリスとは一度会っただけなのに、いったいなんの用だろう。

直史は不思議に思いながら、受話器を受け取った。

『ナオ？　クリスだけど、君用に造ったディナージャケットがもう少しででき上がるんだ。でも細かなところのサイズを確認したい』

「ぼく用のディナージャケットですか？」

『そうだよ。君は繊細だからね、きれいなラインを出すには、どうしてもフィッティングが必要だ。

ぼくのスタジオまで仮縫いに来て欲しいんだけど。あ、イースト・エンドが遠くていやなら、ぼくがパレスの方に行ってもいいけど』

場所など問題ではなかった。クリスがジャケットを造ってくれているなんて、聞いてない。それに公爵は確か、クリスにフォーマルは造らせないと言っていたはずだ。

「あの、公爵はご存じなのですか？」

『ナオ、もちろん内緒だよ。あの頑固者、ぼくには絶対フォーマルを造らせない気だからね』

やっぱり、と直史は対応に困ってしまった。

一瞬黙りこんでしまうと、再びクリスの声が聞こえてくる。

『ナオ、いくら君がギルバートに面倒をみてもらっている立場でも、籠の鳥じゃないだろう？あまり言いなりにばかりなってるのはよくないよ。ぼくが君用のジャケットを造ったのは、ぼく自身のためでもあるんだ。君に協力して欲しいと思ってるんだけどな』

クリスには何もかも見とおされているようだった。直史が何をためらっているか、全部わかっているらしい。

公爵はクリスに会うのをよく思わないかもしれない。でも自分の意志ははっきりしなさいといつも言われている。

直史はしばらく逡巡したあとで、口を開いた。

「クリス、ぼく、そちらにお伺いしたいと思います。でも一度公爵に聞いてからお電話します」

『わかった。ぼくの方はいつでもいい。連絡待ってるから』

クリスとの会話を終え、直史はほっとまたため息をついた。

反対されるかもしれないけれど、何か自分で行動を起こしてみたいと思う。

電話はもう一度鳴った。今度も最初はミセス・ケントが受話器を取る。

「ナオ様、公爵です。今日はどうしてもご都合が悪く、お戻りが遅くなるとおっしゃってます」

「あ、待って、ミセス・ケント。ぼく直接話したいから」

直史は慌ててミセス・ケントを止めた。受話器に飛びつくようにして、公爵と話す。

「公爵、ぼく、お願いがあって」

『どうした、ナオ?』

いつもと変わらないソフトな声を聞いて、直史は胸が震えた。

今朝別れてからまだ二時間ぐらいしか経っていないのに、もう公爵に会いたくてたまらなくなっている。

「今、クリスから仮縫いに来て欲しいと電話があったんです。あの……行ってもいいですか?」

直史は恐る恐る答えを待った。

受話器の向こうで何か考えこんでいるような沈黙が恐い。

やはり何も言わなかった方がよかっただろうかと、直史が後悔の念にかられた時に、ようやく答えが返ってくる。

『行ってきなさい、ナオ。君が自分でそうしたいと思ったことに、いちいちわたしの許可を取る必要はない。でも聞いてくれたことは嬉しかったよ、ナオ。今日はランチをいっしょにできないが、六時までには戻るから、君もそれまでに用を済ませてしまいなさい。イースト・エンドは昔スラムだったところだ。今でもあまり治安のよくない場所があるから、充分に気をつけて』

「ありがとうございます」

『ナオ、クリストファー・ブランドンは貴族としての自覚はゼロだが、悪い男ではない。普段は饒舌で少し軽薄にも見える。だがあの男は真剣な時は逆に無口になる。自分で何かを判断する時の参考にしなさい』

「わかりました」

直史はほっと肩を撫で下ろしながら電話を切った。

クリスにも言われたとおり、自分の意志で行動を決定することは、悪いことじゃない。公爵にもそれを認めてもらったことが、単純に嬉しかった。

人形のように言いなりになるだけじゃ、とても公爵の望むような紳士にはなれないだろうから。

＊＊

アベンフォード・ハウスの豪奢なエントランス・ホールで、直史はイースト・エンドまで車を出すと言われたのを断って、代わりにバスの路線を尋ねた。

「お気をつけて、行ってらっしゃいませ」

ダブルの金ボタンに同じく金モールのついた赤いジャケットを着た管理人に道を教えられ、直史はアベンフォード・ハウスを出発した。

イギリスに到着以来、初めて自分一人でロンドンの街を歩くことになり、少し緊張する。しかし、二階建てのバスに乗る時には、ちょっとした興奮に包まれた。

博物館や公園などが多く、優雅な感じのするメイフェアとは違って、イースト・エンドは活気に溢れていた。バス停のあるスクエアには、おしゃれなカフェやギャラリーがたくさん軒を並べ、最新のファッションに身を固めた若者や外国人が大勢歩いている。

地図を片手に探し当てたクリス・Bのスタジオは、古い煉瓦造りのウェアハウスを改装したものだった。鮮やかなブルーに塗られたショーウィンドウがあるが、今はショップとしては使われていないようで、そこには何も飾られていない。

小さなロゴの入っているガラス戸は閉まっていたので、ブザーを押して応答を待つ。

「ナオ、よく来てくれたね」

クリス自身が姿を見せて、直史を中に招き入れた。

がらんとした部屋に大きなテーブルがいくつか置いてあって、スタッフがそれぞれ忙しそうに何かの作業をやっている。

「ここ、お店じゃないんですね」

直史が思ったままを尋ねると、クリスはにこっとした笑みを見せる。

スタンドカラーのシャツは薄いブルーと白のストライプ柄。袖を巻き上げ、裾もズボンからはみだしているが、クリスの美貌は変わらない。

「ここは手狭になったから閉鎖したんだ。今、ショップは世界中にあるからね」

クリスはそう言いながら、直史を一階の奥に案内した。

フィッティングルームになっているらしいその部屋には、壁に張られた大きな鏡の他に、細々と色々な道具がおいてある。

「これだよ、君用にデザインしたの」

クリスに指差された方を見て、直史は驚いた。

首のないマネキンは二体。着せられているのはディナージャケット、いわゆるタキシードと、燕の尻尾のような裾がついたスワローテール、燕尾服だった。

でも夜会用の正装などしたことのない直史は、それを見ただけで後込みしたくなる。今朝届けられたフォーマルウェアもそうだが、貧弱でぱっとしない自分が、華やかな夜会に出席する姿はとても想像できない。

クリスはマネキンからスワローテールを脱がせながら直史に声をかけてきた。

「そこのカーテンを開けたところで服を脱いでくれる?」

「あ、はい……」

言われた場所でシャツを脱いでいる間中クリスの視線を感じて、直史は落ち着かなかった。でもこれは仮縫いなのだと、賢明に羞恥を押しのける。

フィッティングはドレスシャツから始まった。

袖をとおしただけの姿で、壁に張られた鏡の前に立つと、クリスがぽつりと呻くような声を出す。

「ナオ、君……」

クリスの視線がどこに集中していたかがわかり、直史は真っ赤になった。

鏡に映った素肌、左胸の上のあたりにくっきり残っている痕がある。白い肌に薔薇の花びらのように浮いているのは、公爵からつけられた愛撫の名残だった。

直史は慌てて着せられていたドレスシャツをかき合わせたが、クリスにはきっと全部わかってしまったに違いない。

あまりの恥ずかしさで直史が俯くと、横で大きくため息をつかれてしまう。

「取りあえずフィッティングを始めよう。しばらく動かないで」

そう言って、クリスは白いドレスシャツのボタンを留めた。

直史がその場でじっとしていると、背中の布地が絞られて、ピンを打たれる。袖のゆるみも修正されて、そのあと黒の上着を着せられた。

直史はその間ずっと鏡に映る自分自身を眺めていた。

クリスの輝くような美貌が横に立っているせいか、それともいくら夜会用の正装をしても似合わないせいか、自分の姿はどこから見ても野暮ったい。美容室に連れていかれて髪をきれいにカットされ、公爵からうるさく言われて姿勢もよくなっている。けれどいくら外見を磨いたところで素材が変わるわけじゃない。

せっかくクリスが造ってくれたのに、こんなに似合わないのでは、公爵の被後見人にふさわしくなんてなれそうもない。

がっかりしたような気分でいると、クリスは急に肩を抱くようにして話しかけてくる。

「ごめん。やっぱりちょっと大きかったね。このままじゃだめだ。サイズを直して全体のラインも絞れば、もっとすっきりして素敵になると思うけど」

慰めるように言われ、直史は俯いた。

やっぱり貧弱な自分の体型ではフォーマルを着こなすのは無理なのだ。クリスの好意を無駄にしてしまったようで、申し訳ない気分になった。

直史が落ちこんでいると、クリスが急にぽんと肩を叩いてくる。

「ナオ、突然だけどさ、君、ギルバートを好きになるのはやめて、ぼくとつき合わない？」

「えっ？」

何を言いだすのかと、直史はぎょっとなった。

本気とも冗談ともつかない表情のクリスをまじまじ見ていると、やがて大きなため息をつかれてしまう。

「うーん、リアクションそれだけか……悲しいね。君にはぼくの魅力が全然通じないらしい」

「だって急にそんなことを言われても……」

直史が口ごもると、クリスは、全部わかっていると言わんばかりに腕組みをする。

「急にじゃなくても、だめなんだろ？　君はほんとにかわいくて素直だし、本気で考えてもよかったんだけどな」

クリスが魅力的なのはわかっている。外見がきれいなだけじゃなく、とても親しみやすくて、優しそうな面もある。

でも、今の直史には公爵のことしか考えられない。他の誰にも心は動かされなかった。

「ま、仕方ないか。とにかくね、ナオ、よけいなことかもしれないけど、ギルバートを好きになるのだけはやめた方がいいよ。彼は高貴なる者の義務《ノーブレス・オブリージュ》に縛られている。あいつの身体を流れているのは青い血だ」

「青い血《ブルー・ブラッド》？」

聞き慣れない言葉に直史は首を傾げ、鏡の中のクリスを見つめた。

「昔から連綿と続いてきた生粋のお貴族様をそう呼ぶんだよ。ぼくの一族だってその端くれだから、あいつの本質はいやというほどわかる」

「ノーブレス・オブリージュ……」

ぼんやりと呟いてみた言葉は、確かに公爵の日頃の行動の基準になっているような気がする。

青い血という言い方もそうだ。公爵はどこから見ても貴族そのもの……。

「ギルバートが後見人になったのは、まさに義務感に縛られてのことだろう。君に優しくするのは、遺言を完璧に実行するためだ。あの男の責任感は並じゃないからね。あいつが貴族としての体面にこだわっているのも、公爵という称号を受け継いだせいだ。でも君はびっくりするかもしれないけど、本当のギルバートは感情に動かされない、冷ややかな男だ。表面上は優しくするが、それだけだ。彼に特別な好意をよせる者には、かえって冷酷だと言ってもいい」

「そんな……」

直史は息をのんだ。

公爵が冷酷だなんて考えられない。けれど、心の内で必死に否定しながらも、クリスの言葉にはどこか納得できるところがあった。きっとこのことが言いたくて、前置きのように自分とつき合わないかと言ったのだろうし……。

公爵が自分に優しいのは、義務感にかられてのこと。それは確かだ。

だけど、あんなに情熱的に自分を抱く公爵が冷酷だなんて、どうしても信じられないし、信じたくもない。自分と公爵の間には何か特別なものがあるのだと信じていたかった。

クリスは再びピンを打ち始めた。フィッティングが続く間、直史はじっと動かずに鏡の前に立ち続ける。

鏡には青白い顔をして、自信のなさそうな自分の姿が映っていた。

こんなに平凡で魅力のない自分を、公爵は何故抱いたりするのだろう……。

やっぱり義務のため？

これ以上考えていると、底なし沼にはまってしまうと、直史は首を振った。

ふと気づくと、クリスはいつの間にか無言になっている。

——あの男は真剣な時は無口になる。

公爵の言ったとおり、今のクリスは集中しているようだった。

二人はお互いをよく理解し合っている友人同士なのだ。だとしたら、クリスもまた公爵のことをよく知っていて、直史に忠告してくれたのかもしれない。

不安が波のように押しよせてきた。

認めたくない、恐い真実が、すぐそこまで迫っているようで、直史はぶるりと身震いした。

今はまだ真実に向き合う自信がない。今はまだ……。

直史は無理やり思考を停止して、クリスの手先だけを見つめていた。

スワローテールのあとはディナージャケット。しばらくして、寡黙になったクリスは全部の補正を終える。

「ナオ、ご苦労さん。終わったよ。これが仕上がれば、君は舞踏会一のお姫様になれる」

にっこりと笑ったクリスに、直史もぎこちなく微笑を返した。

その時、タイミングを見計らったようにドアがノックされて開けられる。

「クリス、レディ・ボーモントからお電話です」

直史は目を見張った。知らせを持ってきたのは、きれいな顔立ちをした若い日本人だった。

前にクリスが言ってた人だ……。

「ナオ、そんなの適当に断ってくれよ」

「そうおっしゃると思って、折り返しとお返事しておきました」

「気がきくな……そうだ、ちょうどいいから紹介しておこう。ナオ、彼はこの前言っていた、うちで働いてもらってるナオフミ・スズキ。そしてこちらはアベンフォード公爵、ギルバート・シーモアのところにいるナオフミ・スズキだ」

クリスに紹介されて、直史は改めて自分と同じナオフミと呼ばれた男と向き合った。

「うわー、ほんとに同じ名前？　おれは鈴木尚文。字は尚の尚に文」

尚文は親しげに日本語で話しかけてくる。直史は圧倒されるような思いで返事をした。

「あ、ぼくは鈴木直史で、直のあとに歴史の史です」

「なんだ、じゃあほんとに字が違うだけなんだ」

尚文は小作りできれいな顔をしていた。年は一つ上の十九歳。去年からこのスタジオで働いているという話だ。直史よりも少しだけ背が高くほっそりしている。ふわりとした髪は明るい茶色に染められ、クリス・Bの定番アイテム、若草色のブルゾンを着ていた。カラーコンタクトを使っているのか、くっきりとして青みを帯びた目が印象的だった。

「ナオ、ナオと話したいなら今度またゆっくりここへ遊びに来るといい。君はそろそろ帰らないと、ギルバートの機嫌が悪くなるぞ」

クリスに言われ、直史は慌てて腕につけた皮ベルトの時計に目をやった。

「あ、いけない。もうこんな時間だ」

公爵が待っている。短時間ならいい、とここへ来ることを許してもらったのだ。好意を無駄にはしたくなかった。

「ナオ、悪いけどぼくはこのあとまだ仕事があって君を送っていけない。ナオにタクシーをつかまえてもらって」

「あ、大丈夫です。ぼく、来る時バスだったから」

申し訳なさそうに言うクリスに、直史は笑みを向けた。

「じゃ、バス停までナオのこと頼むよ、ナオ」

「OK、ボス」

クリスの頼みを、尚文は気軽に引き受ける。

直史はクリスに挨拶をして、スタジオをあとにした。

「あ、こっちが近道だぜ、ナオ」

尚文の案内で、古い工場跡地の塀に沿う道を歩き始める。表通りとは違って寂れているような感じがする場所だ。

直史が、公爵に気をつけるよう注意されたことを思いだしていると、尚文が話しかけてくる。

「なぁ、おまえアベンフォード・ハウスにいるってほんとかよ？　聞いたぜ、現代版シンデレラだって？　すっげぇ羨ましい話だぜ。アベンフォード公爵っつったら、ロンドンじゃものすごく有名人で、うちのボスだって敵わないぐらいかもしれないのに……なぁ、お迎えが来た時って、なんか証拠があったわけ？」

含みのありそうな言い方が気になったけれど、返事をしないわけにもいかない。直史は仕方なく首を横に振った。

「へぇ、証拠もなしに？　それじゃおまえっておとなしそうな顔してるけど、もしかしてけっこうやり手？　公爵のことどうやって満足させてんの？」

「ぼくは別に何も」

いやな聞き方だ。直史は思わずムッとして言い返した。

けれど公爵に抱かれているのは事実だ。当てこするような言葉を聞かされただけで、顔が赤くなってしまっていた。

尚文は口笛でも吹きそうに口をゆがめた。

——隠してもわかってるさ。

そう言われているようで、しばらくの間、直史は尚文の隣を歩くのが気づまりだった。

でも、大通りに出たところで尚文はまた親しげに話しかけてくる。

「そう言えばさ、おれ急に思いだしたわ。昔おれの親父も人助けしたことあるって言ってたんだ。だけどおれのとこには誰も来ない。おれたちは名前までいっしょなのに、やっぱ世の中不公平にできてるのかな。どう思う?」

「そんなこと言われても……」

「たとえばさ、おれとおまえの立場が入れ替わってたとしたらどうよ? 公爵のお人形になってたのは、おまえじゃなくておれだったとしたらさ」

直史だって自分の幸運はいまだに信じられない。でも、ここにいる尚文と立場が入れ替わっていたとしても、さほど羨ましいとは思わなかったに違いない。

それにしても今日会ったばかりの自分に、尚文は何故こんなに興味を示すのか、不思議だった。眉をひそめていると、尚文は直史の困惑を察したように話題を変えてくる。

「おまえ、日本じゃどこ住んでたの?」

「東京だけど」

普通の質問ならば答えられる。

スクエアに着いて、バスを待っている間も、尚文は色々なことを尋ねてきた。生まれや両親のこと、ロンドンへ来ることになった経緯、それにアベンフォード・ハウスでの生活まで。

久しぶりに日本語が話せたことで、尚文に対する嫌悪感が薄れていく。直史は聞かれるままに、一つ一つ丁寧に返事をした。

そのうちに、通りの向こうから尚文に気安く声をかけてきた二人連れの男がいた。

「おいナオフミ、おまえ最近遊びに来ないな。何かいい話があるんなら、おれらにも声かけろよ」

一人は短い金髪の頭で、黒を基調にした服装。耳にピアスをしている。もう一人は茶色の髪を肩まで伸ばし、派手なプリントTシャツに破けたデニム姿。二人ともミュージシャン風だったが、どことなく目つきが悪いようで、あまりいい印象を受けない。

「ここで会ってちょうどよかった。おまえ確かパソコンに詳しかったよな？　ちょっと調べて欲しいことがあるから、近いうちに顔を出すよ」

尚文は何故か、直史の顔をじろじろ眺めながら話をする。男たちの視線も自然と直史に注がれ、足が竦んでしまいそうになった。三人共に、頭のてっぺんからつま先まで、にやにやと舐めるように見られ、身体中が強ばってしまう。

「じゃあな、待ってるぜナオフミ」

直史が息を詰めたままでいると、男たちは声をかけてきた時と同じように、ふらりと通りの向こうへ去っていった。

直史がほっとなっていると、尚文はにこっとした笑みを見せた。

「おれさ、決めたよ。自分の運命は自分で切り開く。おれ、そのうち絶対のし上がってみせるから。

おまえもうかうかしてるなよ。そのうち立場が逆転するかもしれないぜ?」

どういう意味だと聞こうとした時に、ちょうど二階建てのバスがやって来る。

直史は尚文のことが気になりながらも、そこで別れることになった。

＊　＊

直史がイースト・エンドから戻ったのとほぼ同時に、公爵もシティから帰ってきた。

ダイニングでいつもどおりマナーを教えられながら食事をする。

アベンフォード・ハウスでは、朝食にはモーニング・ルーム、ランチや公爵と二人だけの夕食には、家族用の小さなダイニングが使われる。メイン・ダイニングは来客用で、それこそ一流ホテル並の広さがあり、直史のレッスンはここでも時折行われた。

食事は厨房で用意され、ワゴンで運ばれてくる。吟味された素材で一流のコックが作っているものだ。直史用に和食が出されることもあるが、たいていはマナーの勉強のためにフランス式のフルコース。一皿に載せられている分量こそは控えめにされているが、ずらりと並んだナイフやフォークを使っての食事となる。

今日は舌平目のムニエルが出されていた。

直史が懸命に小さな骨を外していると、公爵は白ワインのグラスを口に運びながら、昼間のことを尋ねてくる。

「クリストファーのスタジオはどうだった？　イースト・エンドまでバスで出かけたそうだが、迷わなかったか？」

「ええ、出がけに地図をいただいたので、大丈夫でした。クリスさんのところ、すごく興味深かったし、この前言われてた日本人にも会いました。ぼくとそっくり同じ名前で驚きましたけど」

「そうか」

公爵は相づちを打ったが、微かに眉をひそめている。

クリスのところに出かけたことを、やはりよく思っていないのだろうかと、直史は気になった。でもきちんと報告だけはしておこうと、再び口を開く。

「クリスはぼくのためにディナージャケットとスワローテールを用意するからと……あの、どうしたらいいでしょう？」

「あの男は見かけによらず頑固だ。一度言いだしたら絶対にあとには退かない。君のために造ったと言うなら、君の判断でどうするか返事をしなさい」

「わかりました。それじゃもう一度クリスと相談してみます」

直史が言うと、公爵は飲みかけだったワイングラスをテーブルに戻し、大きくため息をつく。

珍しいこともあるものだと、直史は目を見張ってしまった。

「ナオ……わたしは君の行動を制限する気はない。しかし君がクリスと親しくするのは、正直言って嬉しくない」

「え……」

公爵の高貴な顔に、いかにもおもしろくないと言わんばかりの表情が出ているのを見て、直史はどきりとなった。

「君の自由を奪う気はないが、わたしの気持ちは覚えておくように」

「……はい」

胸に奇妙な疼きが溢れてくる。

公爵が、自分のことを尊重してくれるのがとても嬉しいし、クリスに会うのをいやがっているというのも、なんとなく嬉しかった。それに昼間不安に思ったことが、今の一言ですべて消えていくような気もした。

「ナオ、フォーマルウェアも揃ったし、君のマナーも満点になった。そろそろ正式なパーティーに出席してみるか？」

「えっ、パーティーですか？」

「昔から懇意にしている伯爵夫人の舞踏会が一週間後にある。ブラックタイでという話だが、君をそれに連れて行こう」

ぶるっと身体が震えるような気がした。

ブラックタイと言えば、正式なパーティーだ。自分が本当にそこでしっかりと紳士らしく振る舞えるか、直史は急に心配になってきた。

それにクリスのところではフォーマルが全然似合わなかった。公爵ががっかりしてしまうのではないかと気がかりにもなる。

直史はため息をつきそうになり、それまで懸命に使っていたナイフとフォークの動きを止めた。

「なんて顔をしてる、ナオ？　わたしがいっしょだ。それに今まで教えたとおりにすれば、何も恐いことはない。今夜は最後の仕上げをしよう。一つだけまだ教えてなかったことがある」

「わかりました」

直史は公爵の整った顔を見て、気持ちが落ち着いた。

公爵さえそばにいてくれるなら何も心配はいらないのだ。自分は公爵が望むような被後見人になることだけに努力していればいい。

＊＊

食事のあと、公爵といっしょに自室に戻った直史は、届いたばかりのスワローテールに着替えさせられた。ドレスシャツとベストの上に、長いテールのついた上着。公爵に促されて、タイと手袋も身に着ける。

「なかなか似合うぞ、ナオ」

公爵は微笑を浮かべていたが、直史はまだ落ち着かない。

カジュアルなスーツですら、近頃ようやく着慣れてきたばかりだ。公爵が見ているせいか、クリスのスタジオで着た時の数倍は緊張していた。

「まずダンスの仕上げをしよう」

公爵はそう言って、サイドボードの中にセットされているCDをかけた。部屋にはすぐに優雅なワルツの旋律が流れだす。近づいた公爵に手を取られ、直史は何度も練習したステップを踏んだ。

「とても上手になったね、ナオ。君の動きは羽のように軽い」

誉められた直史は頬を染めた。優雅に踊れるのは公爵のリードがいいせいだ。

「でも、ぼくはまだ女性用のステップしか知りません」

ぽつりと訴えてみると、公爵は直史の手を取ったままで顔をしかめた。

「本当は、かわいい君を女性と踊らせたくないんだよ、ナオ」

「えっ？」

直史はどきりとなり、ますます頬に血が上ってくるのを自覚した。

今のは聞き間違いじゃないだろうか。まるで公爵が嫉妬しているように聞こえたけど……まさかそんなこと……。

直史が目を見張っていると、公爵はワルツの動きを止めてしまった。両手も、密着していた身体も離されて寂しくなる。

何か気に障るようなことをしただろうかと、直史が不安になった時だ。

公爵はふいに、部屋の隅に置かれた天鵞絨張りの肘かけ椅子を指差した。

「ナオ、あの椅子に座ってごらん」

直史はすぐに言われた場所に向かった。

公爵から受けた注意を思いだしながら、背筋を伸ばして優雅に歩く。そして目的地に到着して、くるりと向きを変えた。

直史が椅子に腰を下ろそうとした時、再び公爵の声がかけられる。

「そのままじゃだめだ、ナオ。テールが皺になる」

「えっ」

「お尻に敷いてもだめで、椅子の背に押しつけても皺になるからだめだ。テールは右手でさりげなく横に払って軽く腰かけるんだ」

スワローテールの後ろに伸びている長い裾のことだ。直史は白の手袋をした手を後ろにまわし、文字どおり燕の尾のような裾をつかむ。

「だめだ。顔まで後ろに向けるな。人の注意を引かないようにあくまで自然に手だけまわす」

「はい」

公爵から鋭く指摘を受けて、直史は再度裾を払い直す。

「今度は腰が揺れすぎだ」

窮屈なスワローテールを着た上で、優雅な動作をするのは大変だった。

何度も注意を受けながら椅子に座り直したあとで、ようやく公爵の許しが出る。

「その高さの椅子はそれでいい。今度は低めのところで、うまくできるかどうか。ナオ、わたしの隣りに座ってみなさい」

手招きされて、直史は公爵が腰かけていたカウチに向かった。

公爵は長い脚を組んで、片手をさりげなく後ろの背にまわしている。直史は緊張しながら、横に腰を下ろした。

「あ、だめだ」

ある程度高さのあるところでは簡単だったテールの始末が、低いカウチだと俄然難しくなる。

直史は公爵に注意される前に、自分から何度も座り直してみた。

「ナオ、あっちの鏡を見ながらやってみたらどうだ?」

言われた方の壁には、採寸の時に持ちこまれた大きな鏡がそのまま置かれていた。

スワローテールを着た自分の姿がなんだか気恥ずかしいが、鏡の中でも公爵の視線は暖かく自分を包んでいる。直史は公爵を喜ばせたい一心で何度も同じ動作をくり返した。

「だいぶよくなったな」

ようやく合格が出て、直史はほっと息をついた。

にっこり笑いかけると、公爵はすぐに次の指示を出してくる。

「ナオ、次はRの発音」

公爵はすぐ隣にいる。間近で顔を覗きこむようにされて恥ずかしかったが、直史は何回も必死に『R』を言った。

そのうちに、公爵の蒼い瞳が光ったようになる。

「ナオ、ちゃんと舌を巻きつけているかどうか、確かめてあげよう」

「あ……」

言葉が終わったと同時に唇が合わせられ、するりと舌も差しこまれた。

これ、キス……じゃない。

いつものキスの動きじゃなくて、直史は焦ってしまった。それに舌を入れられたままで『R』の発音なんてできない。

直史が身体を強ばらせていると、公爵はがっかりしたように、唇を離してしまう。

「ナオ、Rの練習だと言ったはずだ。何回もRと言ってごらん。ちゃんとできているかどうか確かめてあげるから」

「あ、そんな……」

恥ずかしい提案に抗議しようとしたが、直史はすぐにまた公爵に唇を塞がれた。

催促するように舌先で歯列をつつかれて、仕方なしに『R』を発音するために舌を動かす。

何回か言っているうちに、公爵の舌がまた口中に滑りこんだ。発音しようとするたびに、公爵のそれを押してしまい、舌先が複雑に絡んでしまう。

「……あ……うる……っ……あ……る」

普通のキスよりもっと淫らな発音の練習をさせられて、直史は身体中が一遍に沸騰したように熱くなった。

公爵はすぐそばにいるけれど、抱きしめられているわけじゃない。直史の不安定な上半身はがくがくと揺れてしまう。

スワローテールで窮屈な下半身にも、淫らな熱は伝わって、どうしようもないことになった。

「……んあっ……る……ふっ……」

発音するたびに、鼻にかかった甘ったるい喘ぎが漏れて、なお羞恥心が高まる。

「ナオ……」

「……はぁ……は……」

やっと許されて、直史は大きく肩で息をした。

「ナオ、最後の仕上げだ……ここに座り直しなさい」

公爵の魅惑的な声がして、直史はぼんやりしたままで、ここ、と言われた場所を見る。

はっとまた羞恥心が噴き上げる。

公爵の膝の上！

「やっ……できない……」

直史は懸命に首を横に振って訴えた。

下半身は発音の練習で既にすごいことになっている。少しでも動いたらそれだけで爆発してしまいそうなのに、これ以上接近なんてできない。

それでも、公爵は恐い顔で許してくれそうもない。

直史は泣きそうになりながら、力の抜けた足を踏ん張って立ち上がった。

公爵に一度背中を向けて、震える指先でテールをつかんで横にずらす。

そしてそっと公爵の膝の上に座ろうとして。

「あっ」

最後の瞬間に、直史はどっと公爵の方へ後ろ向きに倒れこんでしまった。

失敗だ。やり直さなきゃ、と思うけれど、下半身には全然力が入らない。

スワローテールでの座り方と、英語のレッスンだったはずなのに、公爵は意地悪だ。でも、自分がもっと毅然としていれば、ちゃんと切り抜けられたはずなのに……。

情けない自分の姿を思うと、じわりと涙がにじんでくる。

すると、公爵の腕が後ろからそっとまわされて、直史はふわりと抱きしめられた。

「ナオ、いじめすぎたようだ。泣かなくてもいい。わたしが悪かった。君があまりにも素直だから
……かわいくてたまらないよ、ナオ」

優しげな声で宥められて、直史はほっとなった。

気を取り直し、そろそろと公爵の膝から下りようとして、次の瞬間にはぎくりとなる。

「あ、だめっ、そんな」

公爵の大きな手のひらで、熱を持ってしまった中心が覆われたのだ。

布地の上からそこを握られて、すっすっとリズミカルに煽り立てられる。

「レッスン中だったのに、こんなに大きくして、いけないない子だな」

「ああっ、離して！」

些細な刺激で敏感に反応していた場所は、一挙にどうしようもないほど張りつめた。

「どうしてだ？　いやなのか？　わたしに触られるのは好きだっただろう？」

「あ……だって……せっかくいただいた服なのに……汚れてしまう」

「ナオ、もうそんな弱音を吐いているのか。かわいいけどな、それでは行儀が悪すぎる。ズボンを汚さないように、これは外に出してあげようか」

耳の中に息を吹きこまれるように囁かれて、ぞくぞくっと背筋が震える。

その隙にするりとフロントが開けられて、熱を持った中心が外に引きずりだされた。

「あっ、あっ、いや……っ」

直接指で刺激されて、直史は激しく身もだえた。

ドレスベストとドレスシャツの胸元もはだけられ、敏感な乳首をぎゅっと引っ張るようにされる。

「ああっ、やっ、ああ――っ」

ずきんと一際鋭い快感が走り、直史は大きく腰を浮かせた。

熱く滾《たぎ》ったものに添えられた手は、根元から熱を絞り取るような動きをし、滴を溢れさせている先端は指でくるくるまわされる。

公爵の膝の上で、直史は身体をぴんと硬直させながら、あっと言う間に噴き上げた。

「ああ――――」

吐きだしたもので、べったりと公爵の手を汚してしまう。

今日届けられたばかりだったスワローテールのズボンにも、快楽の印が飛び散った。

「悪い子だね、ナオ。あとでちゃんとポケットチーフをあててあげようと思ったのに、我慢できなかったのか？」

「だって……だって……」

直史は解放直後で脱力した身体を震わせながら、しゃくりあげた。

「せっかくでき上がったばかりの服を汚してしまった。少しおしおきをしないといけないようだ」

耳元で脅すように言われて、直史はびくっとなる。

いつも優しく抱いてくれていた公爵なのに、今日は様子がおかしい。

「ナオ、汚してしまったズボンは脱ぎなさい。下着も取ってカウチの上で四つん這いになるんだ」

「えっ」

直史はぎくりとなりながら後ろを振り返った。

涙に濡れた目を見開くと、いつもよりさらに青みを増しているように思える瞳に出会う。

今の命令は冗談でもなんでもなく、公爵は本気なのだ。

直史は気が遠くなりそうだったが、それでものろのろと言われたとおりになった。

公爵が好きだ……。

だから何をされても、逆らうなんてできない。

カウチによじ登って、上で四つん這いのポーズを取る。下半身には何もつけていない。だけどスワローテールの上着は着たままで、公爵の手で裾だけを跳ね上げられる。

剥きだしの双丘を公爵に突きだすような格好がどれだけ恥ずかしいか。

ちらりと想像しただけで、死にそうになる。なのに公爵に見られていると思っただけで、吐きだしたばかりの場所に、またどくりと熱がこもった。

「達ったばかりなのに、もう硬くしてるのか?」

「やっ」

直史はぎゅっと目を閉じて、小刻みに首を振った。

公爵はさらりと直史の双丘を撫でて、そのあとつぷりと濡れた指を後孔に差し入れた。

「あああっ」

ぐるりと乱暴なぐらいの勢いでかきまわされて、直史は無意識に腰を揺らした。

「すごいね、ナオ、わたしの指をもの欲しそうに締めつけてくる。いやらしく腰まで振ってわたしを誘っているのか?」

「違……っ、やあっ」

最初から弱い場所をねらったように擦り立てられる。そこをいじられると、達したばかりの中心がさらに張りつめる。熱い疼きがうねるように全身を駆け巡った。

「おや、鏡に君のかわいい姿が映ってるよ、ナオ」

秘密めかしたように耳元で囁かれ、直史はぎょっとなった。

公爵の長い指を後ろにくわえたままで、がくがくと身体を揺らしながら顔を上げる。

さっき座り方を直されていた時に見ていた鏡に、あられもない格好をした姿が映っていた。

「や、いやっ、いやあ——っ」

公爵はきっちりとスーツを身に着け、いつもどおり少しも乱れたところがない。指一本で直史を翻弄しているだけで。

なのに自分の方はスワローテールの上着を着たままで、ドレスシャツの胸元を開け、下半身を剥きだしにして、公爵の指をくわえこんだ腰を振っていた。

恥ずかしくてたまらないのに、淫蕩な自分の顔を見ただけで、さらに体温が上がる。

「かわいいよナオ。君は本当にわたしを惑わせる。このままどこにも行かせず、ずっとこの部屋に

閉じこめておきたいぐらいだ。さぁ今日は後ろから入れてあげよう。この前後ろからした時、ずいぶん感じていたようだからね」

公爵は短い間に身繕いを終えて、直史の腰を抱え直す。左右の指で谷間をぐいっと無惨に開かれる。さらされた恥ずかしい狭間に熱くて逞しくものが擦りつけられる。

そして灼熱の杭で、ぐっと一気に深くまで貫かれた。

「ああ――――っ」

すぐに抽挿が開始され、敏感な襞を擦り上げられる。そのたびに直史の壁はぎゅっと逞しい公爵を締めつけ、頭が真っ白になるほどの快感にとらわれた。

身体の奥深くで熱い公爵が脈打っている。どこまでも繋がって一つになっていた。

力強くすべてを奪われて、直史は一気に昇りつめる。

今までこんなに激しい繋がりを知らなかった。公爵によって何もかもが変えられる。

直史は揺らされるままに、何度も何度も終わりのない快楽を貪った。

＊　＊

パーティー会場は、ケンジントンにある伯爵夫人のタウンハウスだった。アベンフォード・ハウスに比べるとかなり規模は小さいが、現在のロンドンでは珍しい独立した屋敷だ。

「緊張せず、いつもどおり顎を引いて歩きなさい」

「はい、公爵」

公爵家のリムジンから降り、案内に従ってエントランス・ホールへ行く。

横に立つ公爵はスワローテールを見事に着こなし、いつもに増して威厳に満ちている。

長いテールのついた黒の上着に、脇に細い二本のブレードが入った黒のズボン。それに白いドレスシャツと白のドレスベスト、ホワイトタイ。光沢のある黒い襟の左には白い薔薇の花。頭には伝統どおりシルクハットを被り、手には白の手袋、そして足下はぴかぴかに磨かれた黒エナメルのパンプス。

公爵の右手でさりげなくエスコートされている直史は、だめにしたスワローテールの代わりに、クリスから届けられたものを着ていた。

デザインは普通のスワローテールとそう変わらないが、細かなところに色々工夫があるらしく、とても着心地がいい。テールも少し短めで、直史の身長でもすっきりとしたラインを見せられるように直されていて、それに扱いも楽だった。

襟のボタンホールには、出がけに公爵がつけてくれた白薔薇の蕾がある。シルクハットはないが、立派な紳士の装いだった。

エントランス・ホールには上流社会の人々が溢れていた。男性はディナージャケットかスワローテール。中にはダークスーツ姿の人も紛れこんでいるが、数は少ない。女性は色とりどりのイブニングドレス。

直史は本当に、華やかな映画の主人公にでもなったような気分を味わっていた。

「ナオ、ギルバート」

クロークルームで公爵がシルクハットを預けている時に、声をかけてきた者がいる。

焦げ茶色のディナージャケットに同色のホンブルグハットを被ったクリスだった。

手を上げたついでのように帽子を脱ぎ、中から豪奢な長い金髪がこぼれ落ちる。

思わず見惚れてしまいそうになっていると、横から公爵に腕を引かれた。

「クリストファー・ブランドン、おまえはわざと伯爵夫人を悲しませたいのか？　ブラックタイのパーティーでその色は失礼だろう」

えっ、と思って公爵を見上げると、端整な顔がしかめられている。

それで直史は、正式なブラックタイのパーティーでは、茶色や緑を着てはいけないと教えられたことを思いだした。

「これぐらい、どうってことないだろう。世の中は進んでるんだ。いつまでも旧世紀の遺物にとらわれてても仕方がない」

もともとモデルのようなクリスだ。それが自分でデザインした正装をしているのだ。どこから見ても素敵だとしか思えないのに……。

公爵はあくまで伝統を大切にし、同じ貴族でもクリスはそれに抵抗している。この二人が何で喧嘩を始めたのか知らないけれど、衝突するのはいつも同じところなのだろうと想像して、直史はこっそりため息をついた。

「ナオ、ぼくの服を着てくれてありがとう。すごく素敵だよ」

「こちらこそ、ありがとうございます」

クリスは公爵を無視するように話しかけてくる。するとすかさず公爵は直史を背後に押しやるようにした。

「ブランドン、うちの被後見人に気安く話しかけるな。ナオ、行くぞ」

クリスが呆れたような顔をするのを後目に、公爵は直史を急かした。

ボールルームへ入室する時には一人一人の名前が高らかに読み上げられる。

「デューク・オブ・アベンフォード……ミスター・スズキ……」

ミスターと呼びかけられただけで、緊張するようで、直史は頬を染めながら歩を進めた。

エントランスでも正装した人々に目を奪われたが、ここはさらに煌びやかだった。

高い天井には燦然とクリスタルのシャンデリアが輝き、白地に金の装飾の入った壁にも、いくつも灯りが点されている。

着飾った人々はホールのあちこちで談笑していた。中には大使館の関係者らしい、中東の民族衣装を着た人たちもいる。

そのうちに今日のメインゲストが姿を見せる。ヨーロッパ小国の皇太子夫妻だった。最初のダンスが始まると、ホールは歓談する人と優雅に踊る人たちのグループに分かれる。

直史はずっと公爵の後ろに控えるようにしていたが、途中で、今日の夜会を開いた老伯爵夫人に紹介された。

「レディ・マーガレット・グレアム、わたしの被後見人、ナオフミ・スズキです」

「ご機嫌よう、ミスター・スズキ。今日は来て下さってありがとう。公爵のところにかわいい男の子が来たと評判になってました。ほんとに素敵な方ね。お会いできてよかったわ」

「ありがとうございます」

直史はこちこちになりながらも、公爵に教えられたとおり、老伯爵夫人の前で腰を折った。浅い礼は失礼にあたる。けれど深すぎても卑屈になるので、ほどよい角度を保つ。

淡いラベンダー色のイブニングドレスに上品な銀髪。皺だらけの伯爵夫人は、挨拶を終えた直史を暖かい眼差しで見つめてくれた。

無事に挨拶ができたことで、直史はほっと肩を撫で下ろす。

社交界の人気者、アベンフォード公爵には、他にも色々な人々が話しかけてくる。公爵はそれを失礼にならない程度にうまくかわしていた。

そのうちにクリスが、人混みを押し分けるようにして近づいてくる。左隣にはピンクのドレスを着て茶色の髪をかわいく結い上げた少女、そして右隣にはストレートの金髪を肩まで伸ばし、赤い扇情的なドレスを着た美人を伴っていた。

「ナオ、君にうちの妹と姪を紹介しよう。こっちが妹のメアリー。そしてこっちが姪のクラリッサ。まだデビューしたばかりで慣れてないんだ。踊ってやってくれる?」

「えっ」

直史はどきりとなって、思わず救いを求めるように公爵を見た。

女性用のダンスステップはやったことがない。それに公爵は直史に、女性とは踊らせたくないと言っていたのだ。

「ナオ、クラリッサを頼むよ。メアリーはギルバートが目当てなんだ」

「ナオ、心配することはない。レディ・クラリッサ・ブランドンと踊ってあげなさい」

止めてくれるかと思ったのに、逆に公爵に背中を押すようにされて、直史はじわりと冷や汗をかくようだった。

「ナオ、ステップは教えたのと逆だ。間違えるな」

公爵は金髪のメアリーの手を取って、直史の耳元にそっと囁きを残しただけで離れていく。

ここでできないと騒いだら見苦しいだけだ。公爵には恥をかかせたくない。

できる……公爵が心配ないと言ってくれたのだから、絶対にできる……。

直史は覚悟を決め、ごくりと喉を上下させた。

ぎこちない笑みを浮かべながら、そっとクラリッサに右腕を差しだす。そして恐る恐るフロアへと踏みだした。

「ぼく、舞踏会は初めてなんです。だからステップ間違えて、足を踏んじゃうかもしれない。先に謝っておきます」

直史がこっそりうち明けると、クラリッサはくすっと声を立てて笑った。

「ほんと、今時こんな堅苦しいパーティーなんてね。メアリーはギルバートが目当てだけど、わたしはお母様の命令じゃなきゃ絶対に出席しなかったわ。わたしもこういうダンスは慣れてないの。でも痛いのはいやだから、なるべくなら足を踏まないでね」

優しい言葉をもらった直史は、ふと公爵と踊っているメアリーのことが気になり始める。

二人は既にフロアの真ん中ですばらしいステップを踏んでいた。優雅にターンをするたびに、赤いドレスと、公爵の着たスワローテールの裾が舞った。高い位置でウエストを絞ったシルエットは、公爵の長い脚をさらに際立たせている。

背の高い公爵とメアリーはとてもお似合いのカップルに見えた。それに現公爵と、侯爵令嬢ならば、身分的にも釣り合っていてなんの不足もない。

つきん、と突然胸が痛くなった。

けれど今は、そんなことを考えている場合じゃない。直史には大事な役目がある。公爵に教えられたように、自分に自信を持って、ダンスをやり遂げなければならなかった。

直史は決意を新たにすると、クラリッサの手を取って、最初のリードを始めた。慎重に、公爵と踊った時とは逆に足を進める。

生のオーケストラが奏でているのは、ゆるやかな四分の四拍子。直史はなんとかクラリッサの足を踏まずに、スロー・フォックストロットを二曲続けて踊り、無事に役目を終えた。

そのままクラリッサをエスコートして、クリスの元に送り届ける途中。

直史は意外な光景を目撃して、歩みを止めた。

公爵は先にダンスを終えたらしく、メアリーは既に他の男を相手にしていた。そして公爵はクリスと何か話しこんでいる。

「……ギルバート、人形遊びはいい加減にしろよ。二人いっしょに面倒みるなんて正気じゃない。

どっちかは偽物ってことになるんだぞ。それにナオの気持ちを……」

クリスは何か怒ったように公爵に詰めよっていた。

今、自分の名前が出ていたような気がするけれど、なんだろう？

気になりながらも、直史は静かに二人に近づいた。

「静かに！　レディ・クラリッサとナオが戻ってきた」

直史に気づいた公爵は、鋭くクリスに注意を促す。

クリスははっとしたようにこちらを向き、にこやかに笑いかけてくる。公爵もしかめていた顔を急に和らげた。

「ナオ、クラリッサと踊ってくれてありがとう。今、ギルバートにマナーハウスを貸してくれと交渉してたんだが、見事に断られてしまった」

「自分のところを使えばいいだろう」

「うちのはロンドンからのアクセスが悪い。それにホールが小さくてショーには向かない」

「とにかくおまえのショーごときに貸しだすマナーハウスはない」

二人とも慌てて話題を変えているような感じがして、直史は首を傾げた。

「わかりましたよ、ギルバート。その話はまた改めて」

「わたしたちはロンドンを離れるつもりだ。タウンハウスに訪ねてきても無駄だぞ」

公爵は会話をうち切るように宣言した。

クリスはやれやれと言ったように肩を竦めた。クラリッサを連れて離れていく間際、急に直史を振り返る。

「ナオ、またね」

言葉と同時、さっとクリスの腕が伸びて抱きよせられる。

そして、ちゅっ、と音を立てて唇にキスをされた。

まさか……！

「ブランドン！」

公爵の声は恐ろしいほどだった。

直史は驚きのあまり、その場で硬直していたが、すぐに腹立たしそうな公爵に腕を取られた。そして引き立てられるようにして、ボールルームから連れだされる。

庭へと続くテラスも会場になっていた。開け放されたガラス戸からさらに庭へ。幾何学模様のデザインになっている庭園まで来て、ようやく公爵の歩みが止まる。

音楽は微かに聞こえるが、さすがにここまで来ると、人影は少なくなっていた。

「ナオ、クリストファーにキスされたことは今すぐ忘れなさい。わたしもこれ以上あいつの失礼な真似を許しておく気はないが、君もだ。今後は絶対に隙を見せるんじゃない」

「……はい……」

激しい叱責を受け、直史は情けない気持ちで唇を噛みしめた。

やっぱり自分に隙があったから、クリスにからかわれてしまったのだ。大勢の人が見ていた場所で、唇にキスされるなんて、ほんとに油断だった。アベンフォード公爵の被後見人だとみんなが注目していたはずなのに、なんて思われただろう。

公爵を怒らせてしまったことだけが心苦しくて、直史は俯いた。

「ナオ、もういい。強く言いすぎた。顔を上げなさい」

命令されて、ふっと公爵を見上げたとたん、直史はぎゅっと胸に抱きしめられた。

そのあとすぐに、唇に熱い口づけが落とされる。

公爵はまるでクリスが残した痕跡を消そうとでもいうように、荒々しいキスをした。

「んんっ」

何度も唇の表面を熱い舌で舐められる。直史が薄く口を開くと舌はすぐ中に滑りこんで歯列の裏までが探られる。絡めた舌は直史が音を上げるまできつく吸い上げられた。

「……んっ」

散々貪られて、ようやくキスから解放される。

直史が息を弾ませていると、公爵はやっと機嫌が直ったように話しかけてくる。

「ナオ、さっきのダンスはとてもきれいなリードだったよ」

声音にはもう怒りが感じられない。直史に色々と教えてくれる、いつもの優しい公爵だ。

直史は心の底からほっとした。

「君はもうどこへ出しても恥ずかしくない紳士になった。わたしも後見人として誇りに思う」

「ありがとうございます」

公爵から何よりの言葉をもらって、胸が熱くなる。

公爵が好きだ。誰よりも好き……。

そばにいることを、公爵から正式に認められたようで、心が震える。

堂々とした威厳のある長身に、眩しいような美貌の顔。優しく見つめてくれる蒼い瞳。高雅な仕草や魅力的な声。そしてしっかりと自分を導き、抱き留めてくれる腕。

直史はうっとりとした心地で公爵の顔を見上げた。

「ナオ、せっかくここまで来たんだ。少し踊ろうか」

直史は公爵の胸に抱かれるようにして、いつものステップを踏んだ。

会場の方角は煌びやかな光に溢れているが、ここまではその灯りが届かない。月明かりのイングリッシュ・ガーデンで、遠くから微かに聞こえてくる音楽を聴きながら、直史は公爵と踊った。

もう絶対に後戻りなんかできない。このままずっとこの人について行く。

直史は胸に幸せだけを感じながら、公爵のリードに身を任せていた。

しばらく人目を忍んでダンスをした直史は、再び公爵にエスコートされて、テラスに戻る。

その時、横からさりげなく声をかけてきた年輩の女性がいた。

「あの公爵……よろしければミスター・スズキをうちの娘に」

「失礼、レディ・バーノン。大変申し訳ないですが、わたしたちはそろそろここを引き揚げます」

「まぁ、そうでしたか。残念ですわ」

公爵は強引とも思えるような勢いで、誘いを断った。

直史はそのまままた腕をつかまれる。

思いすごしかもしれないが、公爵の言葉には直史への独占欲が溢れているような感じがした。

「ナオ、ロンドンはうるさい。ちょうど夏の休暇が始まる。田舎に行って二人だけでゆっくりしよう。君は田舎が好きか？」

「はい……」

公爵に肩を抱きよせるようにされて、直史は微笑を浮かべながら頷いた。

「それならすぐにも出発しよう」

本当のことを言えば、ロンドンでもどこでも、直史にはいっしょだ。

公爵さえそばにいてくれるなら、そこがどこであってもかまわなかった。

4

パーティーの一週間後。

直史は公爵と共に、シーモア家の所有地へと向かっていた。

すぐに出発という当初の計画が、公爵に急用ができたせいで延ばされ、結局ロンドンを発ったのは、パーティーの翌週だった。

その間、公爵は午後になってもシティから戻らず、とても忙しそうにしていた。休暇中も仕事を続けるつもりなのか、今も車には膨大な書類の束が積みこまれている。

高速に乗って西へ向かう。市街地を抜けるとすぐにのどかな田園風景が始まり、豊かな緑に覆われたなだらかな丘陵地が続いた。

公爵の隣に座りながら、直史は興奮気味に窓の景色を楽しんでいた。

いつも公爵の送り迎えをしている運転手の隣には、執事のオコーネルも同乗している。公爵にいつも影のように従っているのだ。

八月に入ったばかりだった。真夏だというのに日本の気候とは大違いだ。気温はさほど高くなく、空気もさらりと乾いていて気持ちがいい。

広々とした牧草地やヒースの丘、小麦やビーツの畑の中に、ところどころ森が点在していた。

「休暇を取るのが遅れて申し訳なかった。マナーハウスに着いても、まだ調べものをしなくてはならないが、なるべく君といっしょにすごす時間を取るつもりだ」

公爵からさりげなく気遣われ、胸に温かいものが満ちてくる。

「お仕事、忙しいんですか？」

「いや、これはシティの仕事とは関係ない。ただ早急にはっきりとした知りたい件がある……君は何も心配しなくていい。マナーハウスでの日々を楽しめばいい」

「どんなところか、ほんとに楽しみです」

端整な横顔に見惚れながら、直史はにっこりと微笑んだ。

好きで、好きでたまらなかった。

短い間に公爵は、直史を根底から変えてしまった。そばにいられることを、どれほど幸せに思っているか、公爵にはきっと想像もつかないだろう。

毎日そばにいて、毎夜のように抱かれている。公爵は一度も愛の言葉を言ってくれたことはないが、自分が何よりも大切にされている自覚はあった。

これが夢で、いつか覚める時が来るかもしれない。気がかりがあるとすればそれだけだった。

「あそこがマナーハウスだよ、ナオ」

「うわ、きれいだ」

公爵に指差された方角を見て、直史は歓声を上げた。

車は豊かな森の中の道を走っていた。

ブナの木だろうか。張りだした枝がアーチのようになっている狭い道だ。その重なり合った樹木の間から美しい館が見える。

しばらくして、車は黒い鉄柵に囲まれたマナーハウスの敷地に到着した。

二百エイカー、二十四万坪以上もあるという途方もない規模だ。さらにまわりの小さな村のいくつかがすべてシーモア家の所有地。おまけに公爵の話によれば、マナーハウスはここだけじゃなく、コッツウォルズや湖沼地帯にもあるという。

直史はもう公爵家の途方もない資産については考えるのをやめて、現れた館の美しさだけを堪能することにする。

外観は白と薄い茶色の壁に、グレーっぽい屋根の取り合わせ。窓の間隔からするとアベンフォード・ハウスと同じ三階建てだが、こちらの方がなんとなく落ち着いた感じがする。屋根の中央部には高い塔もあった。マナーハウスの手前には小さな湖があり、前庭は全面芝生で覆われている。

シーモア家の獅子と薔薇の紋章が入ったゲートをくぐり抜けた車は、石畳の道を進み、ポーチに到着する。扉の前には久しぶりに訪れた主人を迎えるために、マナーハウスの使用人がずらりと並んでいた。

ロンドンのタウンハウスとして使われているアベンフォード・ハウスも立派だったが、ここはさらに規模が大きい。入ってすぐの場所はグレートホールと呼ばれ、天井が吹き抜けになった大広間になっている。

「寝室にはあとで案内しよう。取りあえずテラスでお茶でも飲もう」

正面には二手に分かれた階段があり、その間にあるアーチ型の大きな扉から奥へ向かう。

次の間はまるで美術館のようになっていた。壁にいくつもの大きな絵がかけられ、合間には彫刻も置かれている。床は大理石。天井にはクリスタルの豪華なシャンデリア。これが個人の所有とはとても思えない壮麗な館だ。

二人の先に立って案内していた使用人が、突き当たりの扉を開ける。

「うわ、すごい」

直史は思わず歓声を上げていた。

全面がガラス張りになったテラスだった。扉を抜けてみると、奥にさらに広がりがあって、薔薇の花がいっぱい植えられている。

「ここ、温室ですか?」

直史が聞くと、公爵は大きく頷く。

驚いたことに、中央部の開けた場所には小さな噴水まであった。天使が小脇に抱えた壺から水が流れ、涼やかな音を立てている。

薔薇の花に囲まれた中にいくつかテーブルと椅子が置かれ、直史はそこに腰を下ろした。ガラスをとおして、ふんだんに日の光が当たっている。場所的には館の裏手になるのか、向こうにはシンプルだった前庭とは違う、本格的なイングリッシュ・ガーデンが広がっていた。

「ここはどのぐらいに建てられたものなんですか?」

「さほど古くない。十八世紀の中頃だ」

「十八世紀……」

さらりと返ってきた言葉に、直史はそのあと口をつぐんだ。

公爵はよく日本も歴史のある国だと引き合いに出すが、これほど長い間住み続けているというのが驚きだ。マナーハウスという言葉は既に、ホテルの代名詞のような使われ方をしているのに、公爵の一族はまだ普通の住まいとして使っているのだ。

「これだけ歴史のある建物、維持するの大変ですよね?」

「個人資産であるにもかかわらず、かってに壊したり改装したりできないから、苦労は多い。わたしの代で手放す気はないが、もっと時間が経てば、いずれナショナル・トラストが全面的に管理するようになるだろう」

直史は改めて公爵に尊敬の念を抱いた。

貴族の生活は華やかなだけじゃない。伝統ある爵位を受け継いでいくことの責任はとても重い。けれど公爵はそれをさらりと、なんでもないことのようにこなしているのだ。

「クリストファーはこのマナーをねらっている。グレートホールからギャラリー、ボールルーム、そしてこのテラスまで使えばかなりの人数が収容できるからな」

「この前言ってらしたファッションショーの話ですか？」

「ああ、彼の父君、ロイストン侯爵のマナーはここより古い歴史があるものだが、場所が北イングランドで、ショーのお客を呼ぶには不向きなのだ」

公爵の説明に、直史は小さくため息をついた。

次元が違いすぎて、とてもついていけない内容だ。公爵には紳士としての心得を色々教えられたけれど、直史はいつまでたってもこの優雅な貴族の生活に慣れることはないだろうと思った。

それにクリスに関係する話題だったせいか、公爵の表情がいくぶん強ばっているような気がする。どうも公爵とクリスには、子供みたいに喧嘩を楽しんでいるような雰囲気があるけれど。

そこへちょうど、明るいグレーのワンピースに白のエプロンを着けた女性がワゴンを運んでくる。

「お茶をお持ちしました、公爵」

ここでもいつもの手順どおりに丁寧にミルクティーがいれられる。

大理石のテーブルに載せられたのは、白地に金色の縁取りがあるクラシックなカップだった。

「公爵、お伺いしたいことが」

「なんだ?」

紅茶を出し終わった年輩の女性は、姿勢を正したままで口を開く。

「もうお一方は二、三日中に到着されるとお聞きしましたが、お部屋はどちらにご用意すればよろしいでしょうか?」

公爵は何故か、ちらりと直史の顔を窺うようにしたあとで、命令を下した。

「それはあとにしろ。オコーネルから指示させる」

「かしこまりました。それでは失礼します」

茶色の髪を引っつめにした女性は、ミセス・ケントと同じような年に見えるが、なんとなく堅苦しそうな感じだ。

紅茶を飲みながら公爵を見ると、何か考えこんでいるように眉間に皺がよせられている。

こんなに恐い顔を見るのは、クリスにキスを盗まれた時に怒られて以来だ。

最初、マナーハウスでは二人でゆっくりすごそうと言われていたので、直史はちょっと残念な気もしたが、このところ公爵は本当に忙しそうにしている。仕事関係の人がここまでやって来るほど大変なのだろうか。

直史が心配していると、公爵はふっと普段の優しげな雰囲気に戻る。

「ナオ、馬に乗れるか？　午後から遠乗りに行こう」

「えっ、そんなのだめです。乗ったことありません」

突然話題を変えられて、直史は焦った。

確かにミセス・ケントは、スーツケースに乗馬服の用意をしていたが、そんなに急に遠乗りなんてできるわけがない。

直史が青い顔になったのがよほどおかしかったのか、公爵は珍しく声を立てて笑い始めた。

「ナオ、そんなに情けない顔をしなくてもいい。大丈夫だ、乗馬もわたしが教える。君の馬も既に用意しておいた。すぐ上手になるよ」

＊　＊

郵便はがき

お手数ですが
50円切手を
お貼り下さい。

171-0021

東京都豊島区西池袋3-25-11
第八志野ビル5F

(株)心交社
ショコラノベルス・ハイパー
「オリジナル図書カードプレゼント」係

公爵は冷酷に愛を語る

住所 〒		
名前		職業
年齢	男・女	ご購入日 月 日
ご購入店	市 町	書店

◆アンケートにお答えいただいた方から、抽選で毎月100名様にショコラノベルス・オリジナル図書カードをプレゼントいたします。

どこに惹かれてこの本を買いましたか？

ショコラノベルス・ハイパーに登場してほしい作家さんは？

ショコラノベルス・ハイパーに登場してほしいマンガ家さんは？

ハード系で読みたいストーリーは？（例：社会人同士のSM）

この本のH度はどうでしたか？

□満足　□やや満足　□普通　□やや不満　□不満

Hシーンについてご意見を聞かせてください。

Hの回数	□多い	□普通	□少ない
Hシーンの長さ	□長い	□普通	□短い
Hシーンの萌え度	□超萌え	□普通	□萌えない
Hシーンは	□多いほうがよい	□少ないほうがよい	

この本に対するご意見・ご感想をお書きください。

ご協力ありがとうございました

HYPER H

——すぐ上手になる。

公爵にはそう言われたけれど、乗馬はさすがに英会話やダンスとは違う。生き物を相手にすると思っただけで、直史は腰が退けてしまった。

マナーハウスの裏庭には立派な厩舎があり、そこに何頭もの馬が飼われていた。そして、ぐるりと柵を巡らせた馬場もある。

直史のために揃えられていた乗馬用の衣装は濃紺のジャケットと同色の猟騎帽《りょうきぼう》、それに白の乗馬用ズボン。膝までの長い黒皮のブーツに革手袋と皮の鞭だ。公爵のジャケットは同じデザインで焦げ茶色。でも堂々と立っている姿には天国と地獄ほどの差がある。

厩舎から引き出されてきたのは、白馬と、額に白い星のある茶色のサラブレッドだった。

「ナオ、この白馬は君のために用意させた。両親とも名馬で気質がおとなしい。名前はスノーホワイト。わたしの馬はスターだ」

間近で見た馬はとても美しいが、想像していたよりもうんと背が高い。

まずは馬と仲よくなることだと言われ、直史は怖々馬の背を触ってみた。

厩舎の横には猟犬用の犬舎もあり、犬が飼われている。公爵は、あまりハンティングをしないそうなので、今いるのはイングリッシュシープドッグが二頭とダルメシアンが二頭だった。

のんびりとそこらを駆けまわっている犬たちを横目で見て、直史は羨ましくなった。本当は乗馬よりその犬たちと遊んでいたい気分だ。

「なんて顔をしてる？　わたしがついている。恐くはないだろう」

「あ、はい」

くすりと笑いを含んだ声で言われ、直史はぎこちなく笑い返した。

公爵がついていてくれるなら、本当に恐くはない。

馬には既に馬具がセットされていた。直史は用意された踏み台を使って、銀色のたてがみが美しいスノーホワイトにまたがる。

馬上からの眺めは心配していたとおり、普通とはかなり違っていた。慣れない目には二階から窓の下を見ているような高さを感じる。

恐怖を覚えて、ぎゅうっと手綱を握りしめていると、そこに公爵の手が被せられる。

「ナオ、身体からよけいな力を抜きなさい。君が恐がっていると、馬も恐がるから」

直史はがくがくと頷いた。

厩舎の管理人が、直史の馬を引いて、ゆっくり馬場をまわり始める。公爵は自分の馬にひらりと乗って、直史と並ぶように横を歩いた。

時間が経つと共に、なんとか緊張が解けてくる。何よりも、横に公爵がいてくれるという安心感で、直史の恐怖は徐々に薄れていった。

何度か馬場を巡るうち、恐いと思った高さにも慣れ、頬に当たる空気が気持ちよくなってくる。馬の背に揺られるリズムもゆったりとして、心地いいものになっていた。

「そろそろいいだろう。馬にも慣れたようだから、森に案内してあげよう」

公爵が合図すると、厩舎の管理人は直史に手綱を持つ位置を教えたあとで、それを離してしまう。

「あ、あの、ぼく、どうすればいいんですか?」

「そのまま何もしなくていい。馬の方がかってにわたしについてくる」

「え、ええっ」

公爵はゆっくり馬を歩かせた。不思議なことに直史のスノーホワイトも、あとを追っていく。馬場を出て、裏庭のゲートから広々した草地へ、公爵は時折直史を振り返りながら進んでいった。

目の前に開けた景色に直史は感動した。

馬上のせいか、見晴らしがよく、遠くまでが見渡せる。

緑の絨毯がどこまでも続いているような中に、黄色やピンクの可憐な花が咲いていた。霞んだような空にはふわふわと白い雲が浮かび、さっきまで怯えていたのがうそのように気持ちがいい。

「ナオ、どうだ、乗り心地は?」

颯爽とスターに乗った公爵が背後を振り返り、凛とした声をかけてくる。

「あ、はい。すごく気持ちいいです」

直史は幸せをいっぱいに感じながら返事をした。

「大丈夫そうだな。それならこのまま森まで行こう」

公爵はそう言って馬の向きを変える。直史を乗せたスノーホワイトも何故か自然と従った。

思ったよりも簡単に乗馬を楽しむことができて、少し油断していたのだろうか。森に向かう途中で、とうとうスノーホワイトが足を止めてしまう。

「公爵、あの……スノーホワイトが止まっちゃいました。どうしよう……」

どんどん開いていく距離に、直史は焦った声を上げた。

すると前を進んでいた公爵が、すぐに馬の首を巡らせて駆け戻ってくる。

「やっぱり全行程はだめか。仕方がない。わたしといっしょに乗ろう」

「あっ」

公爵はひらりと自分の馬から降りたかと思うと、いきなり両腕を伸ばして直史を抱き上げる。スノーホワイトから、スターの背へと、直史は軽々と移動させられた。

「スノー、自分で厩舎へ戻れ。スター、少し重いが我慢してくれ」

公爵はそれぞれの馬に命令を下し、そのあとさっと直史の後ろにまたがった。

「ああっ」

ほとんど同時に、ざっと勢いよくスターが走りだす。今までのスピードとは比べものにならない速さに、直史は思わず首を竦めた。

「ナオ、楽にしていなさい」

公爵に言われると、自然に緊張が解ける。直史の身体を後ろから抱き留めているのは、誰よりも信頼できる公爵なのだ。

直史は風を切る気持ちよさと、背中を包む安心感に酔いながら、乗馬を楽しんだ。

目まぐるしく景色が変わっていく。草地をすぎて、なだらかな丘を越えると、行く手には深い森が待ち受けていた。

ブナの原生林に入りこんだ公爵はスピードをゆるめる。のんびりした並足で進んでいくと、静かな森のあちこちから小鳥の声が聞こえてきた。

上を見上げると、重なり合った木々の間から木漏れ日が射している。時折、馬の足下を小動物が駆け抜けて行くのが見えて、直史ははっとなる。

「ナオ、自分で手綱を持ってみなさい。鞭は使わないで、腿で馬の腹を締めるようにするんだ。手綱は方向転換の時だけ使う」

直史が乗馬の楽しさに浸り始めた頃だった。公爵は簡単な説明のあとで、本当に手綱を離してしまい、直史のウエストに腕を巻きつける。

直史は言われたとおりに手綱を持って恐々腿を締めてみたが、馬は少しも動いてくれなかった。

「あの……全然進みません」

「だめだな、ナオ。早くしないとここで野宿になるぞ」

公爵はからかい気味に言って、ちっとも助けてくれようとしない。

直史はその後も脚をもぞもぞ動かしてみたり、腰を左右にずらしてみたりと色々やってみたが、状況は変わらなかった。それに、変な動きをしているうちに、後ろにいる公爵のことがどんどん気になってくる。

「ナオ、どうして腰を振ってるんだ？　わたしを誘っているのか？」

ふいに敏感な耳に囁き声が落とされて、直史はびくっと首を竦めた。

「えっ、そんな……あっ！」

ぺろりと耳たぶが温かい感触で包まれ、直史はぎゅっと手綱を握りしめて震えをこらえた。公爵はさらに腕に力を込めて直史の腰を引きつけ、その上耳の穴に舌まで差しこんでくる。

「わたしを煽ってはいけないよ、ナオ。君の媚態にはいつでも簡単に誘惑されてしまうから」

「あ、やっ……こ、こんなところで……」

短い間に、直史の身体は、どんなに小さな刺激でも感じてしまうように変えられていた。密着しているだけでも大変なのに、それを煽られては一溜まりもない。どくりと一遍に官能の虜になってしまう。

「ナオ、馬が進んでないぞ。どうした？」

公爵は、直史の困った状態をわかった上で、さらにいたずらを仕かけてくる。

乗馬ズボンの上から、変化し始めたものを握られて、直史はびくびくっとと仰け反った。

「やあっ」

布地ごとリズミカルに擦り立てられて、がくがくと身体中が震えた。

どういうわけかこれだけ激しい動きをしていても、馬はその場から一歩も進まない。

「ナオ、とても困ったことになったようだね」

困らせているのは自分のくせに、公爵はいたって冷静な声で直史をなじる。

かあっと体温が上昇して、直史は小刻みに首を振った。

「あ、もう……やっ」

「どうしたいんだ？　馬上でかってに感じているのは行儀が悪いぞ？　スターも呆れてる」

直史を煽る言葉を吐いている間も、公爵の手は止まらない。恥ずかしいことに、与えられる刺激には逆らえなかった。それどころか身体はもっと強い刺激を求めている。

「いや……もう、だめっ、降ろして！」

あっさり罠に陥った直史が叫んだとたん、公爵はさっと馬から降りた。ぐったりとなった直史も両手で抱き下ろされる。

脚にはもう力が入らない。一面に草の生えている地面に膝を着いてしまいそうになったのを、公爵の力強い腕で支えられた。

「こんな場所で困った子だな。もう少しで狩猟小屋だったのに、待てなかったのか」

「だって、あ……あなたが……」

直史は思わず甘えた声を上げた。

こんなに感じやすくしたのは公爵だ。乗馬中に弱い場所に刺激を与えて直史を煽ったのも。

けれど、苦しくてたまらないこの状態から助けだしてくれるのも、公爵しかいない。

直史は両腕を必死に伸ばして自分を支配する男に縋りついた。

「ナオ、我慢できないのか？　どうして欲しい？」

「あ……キス、キスして……欲しい」

息も絶え絶えになって望みを言うと、すぐに口づけが与えられる。直史は無意識に自分から舌を差しだして、甘いキスをねだった。

しっかり抱きしめられていると、ここがどこだったかも忘れてしまう。

そして熱く口づけられている間に、公爵の手が再び直史を翻弄し始めた。

「あああっ」

乗馬ズボンのベルトが外され、直接熱の中心を握られる。直史は仰け反るように身もだえた。

「ナオ、待ちなさい。ここがどこだかわかっているか？」

がくがくと揺すぶるようにされて、薄目を開ける。

森の中だ。あたりには木々の重なりから燦々と木漏れ日が降り注いでいた。

「あっ……やあっ」

直史は真っ赤になって公爵の胸に顔を埋めた。

誰の目に留まるかもしれない野外で、ひどい格好をしていた。

ベルトをゆるめられたせいで、下半身は既に裸も同然になっている。公爵のいたずらな手は上半身にも及び、ジャケットの間、シャツの間と滑りこんで敏感な胸の先端をいじられている。

「やっ、……いや」

胸と中心、弱いところを二カ所同時にいじめられて、身体が燃えるように熱くなる。籠もった熱を解放しないと死んでしまいそうだ。

立たされたままなのがつらくて、直史はなおも縋りついた。必死に公爵の首筋にかじりついていると、途中でその手を無理やり離される。

「あ、やだっ」

「ナオ、こっちだ。この木に両手を突いて立ってなさい」

抱きかかえられるようにして、身体を裏返される。直史は公爵の代わりに堅い幹に縋らされた。

「あ、何を？」

公爵の動きに不穏なものを感じ、首だけ後ろにまわす。

乗馬ズボンは既にブーツの端あたりまで下ろされて、双丘が剥きだしになっている。その狭間に公爵は手を滑らせてきた。

「あっ」

奥までいきなり長い指をねじこまれ、直史は悲鳴を上げた。

ぐるりと最初から弱い場所をねらったように押し上げられる。狭い狭間を左右に広げるような動きも加えられ、直史の壁は悦んで公爵の指を締めつけた。

「あああーっ……ああ……」

びくんと熱い疼きが全身を貫いて、直史は革手袋をしたままで、ブナの幹に爪を立てた。

「いやらしいな。こんな場所だと言うのに、君のここはひくひくと物欲しそうだ」

「ああっ……んっ」

公爵の手は前にもまわっている。両方から攻められて、直史は今にも噴き上げてしまいそうになる。だけど達きそうになると、公爵は動きをゆるめてしまう。

中を犯している指は二本、三本と増やされていく。でも直史はもっと熱く自分を満たしてくれるものの存在を知っている。無意識にそれを求め、腰を振っていた。

「催促か……いつの間にこんなことを覚えた？」

「やっ……違……ああっ」

首を横に振ると、ぐいっとまた敏感なところを強く抉られる。

「何が違う？　欲しいものがあれば素直に言いなさい」

「あ、早く……早く……」

直史はうわごとのように口走っていた。

もっと熱いもので貫いて欲しい。心から公爵と一つに繋がりたかった。

「ナオ、お尻をわたしの方に突きだして、もっと脚を開きなさい」

直史は素直に公爵の方へ腰を押しだし、言われたとおり両脚を広げる。

木の幹に縋りついたままで、双丘を突きだす、あられもない格好だ。羞恥で気が変になりそうだけれど、最後まで欲しい欲求が上まわる。

中から指が引き抜かれ、代わりに待ち焦がれた熱い塊が擦りつけられる。

「あう……っ！」

満足の吐息を吐いたとたん、一気にそれが挿入される。

狭い場所をこじ開けて、公爵の逞しいものはどこまでも深く入りこんできた。

どくどく息づくものは、中をいっぱいに塞いでいる。直史はぎゅっとそれを締めつけて力強い熱

さを味わった。

「ナオ、君の中はすごく熱くなっているな。こんな場所でわたしを誘うとは、ほんとに悪い子だ。誰かに見られたらどうするつもりだ?」

「ああ……んん」

焦らすようにゆっくり腰をまわされて、甘い喘ぎ声を漏らす。擦れた場所から強い疼きが涌き起こり、直史はさらに快感を求めて公爵を締めつける。

「すごい……絡みついてくる……くっ、あまり締めつけるな」

公爵は我慢できなくなったように激しく動きだした。

固い先端で敏感な襞をいやというほど擦られ、仰け反るほどの快感にとらわれる。

ずんと一際強く最奥に突き入れられて、一気に昇りつめる。

「ああ――っ」

後ろから貫かれたままで、大きく身体を反らせ、どくりとすべてを公爵の手に吐きだす。

「ナオ……」

最奥に公爵の欲望がたっぷりと浴びせられ、直史は頭を真っ白にさせていた。

繋がったままで公爵の腕に抱かれ、動悸が収まるのを待つ。

激しく乱れていた呼吸が元に戻った頃に、ようやく直史はここが野外だったことを思いだした。

「あっ、いやだ……ここ……やっ、離して」

急に暴れだした直史を、公爵は背後から宥めるように抱きしめる。

奥にまで達していたものをずるりと引き抜かれ、その生々しい感触に直史は身震いした。

恥ずかしさで泣きそうだった。初めての乗馬でこんなことになるなんて。

「ナオ、心配しなくても大丈夫だ」

公爵はくすっと笑いながら、乱れた乗馬服を調える。直史は素直にされるがままになっていたが、まだ心配だった。

「誰かに見られたかもしれないのに」

「ここは私有地だ。誰も入ってこない。今日は作業をする者もいないはずだ」

「え……」

ふっと見上げると、公爵の目にはいたずらっぽい光が射している。

「ナオ、すぐそこが狩猟小屋だ。少し休んでいこう。今すぐ馬に乗るのは無理だろう。それに足りなかったら、そこでもう一度かわいがってあげよう」

言われた瞬間、直史は耳まで赤くなった。

公爵は最初からわかっていて、直史を惑乱させたのだ。

直史は自分を翻弄する公爵を、せいいっぱい恨みを込めた目でにらみつけた。

＊　＊

マナーハウスを訪れる来客について、直史が再び耳にしたのは、到着して五日目のことだった。

夏の休暇ということだったが、金融マーケットは一日も休まずに動いている。いっしょに朝食を取ったあと、公爵は午前中いっぱい書斎に籠もって仕事をするのが日課になりつつあった。

公爵の仕事中はやることがないので、直史は広大なイングリッシュ・ガーデンを散策したり、犬たちと遊んだりしてすごす。

そろそろランチの時間だなと思い、外からテラスに入ってきた時だ。薔薇の影から小さな話し声が聞こえてきて、直史は歩みを止めた。

「公爵はほんとに何をお考えなのか……どうおっしゃられても、身よりのない東洋人を二人も引き取られるなんて、呆れてしまうわ」

「あのナオという子はおとなしくて行儀もいいじゃないか」

「今度来る子もそうとは限りませんよ」

「だが、あの子はまだ知らないんだろ？　先代の命の恩人が二人いるわけもないし、この先どうなるんだかな」

薔薇の世話をしながら話しこんでいるのは、庭師の老人と、直史が苦手だと思った女性らしい。

立ち聞きはマナー違反だ。そうは思うものの、今さら大きな音は立てられない。何よりも耳に挟んだ会話の内容が、気になって仕方がなかった。

マナーハウスに到着した日、公爵はもう一人の部屋をどこにするのかと聞かれていた。

来客は仕事関係の人じゃない。身よりのない東洋人……直史と同じような立場の人間がもう一人来るって、いったいどういうことだろう？

そう言えば、同じようなことを、前にもどこかで聞いたような気がする。

……そうだ……クリスだ。

パーティーの時、クリスは公爵を責め、どっちかは偽物になると言っていたのだ。

直史は二人の邪魔をしないように、そっと足音を忍ばせて温室をとおりすぎた。

胸に不安が押しよせていた。

確たる根拠もないのに、自分の立っていた場所が突然がらがらと音を立てて崩れていく気がする。

そして直史は、ゆっくり階段を上っている途中で、さらにいやなことに気づいてしまった。

今まで一度も公爵の気持ちを疑ったことがなかった。好きだと言われたことはないけれど、誰よりも大切にされ、しかも毎日のように愛されている。だから安心しきっていた。

公爵が好き。

自分の気持ちははっきりしている。

だけど、公爵は？

公爵は直史のことをどう思っているのだろう？

クリスはなんと言っていた？　公爵には青い血が流れている。ノーブレス・オブリージュに縛られていると……。

いやなことを連続して思いだし、直史はすうっと血の気が引いていくのを自覚した。

認めたくなくて、激しく首を振る。

なんでもない。大丈夫だから。公爵はどんな時でも自分に自信を持てと言ったのだ。だから、こんなことぐらいで疑心暗鬼に陥ってちゃいけない。

直史は乱れる気持ちを抑え、再び階段を上りだした。

二階に着いて、長い廊下を歩き、足は自然と仕事中の公爵の元へ向かう。

書斎には、直接廊下に通じているドアはない。最初にライブラリーへ入ったあと、横にある重々しい扉の前に立って、また逡巡する。

きちんと公爵の気持ちを確かめたい。

でも結果が恐ろしくて、とてもそんなことは聞けない……。

ノックしようと右手を上げたままで、長い間硬直していると、意外にも内側からドアが開かれる。

「あ……」

公爵の眩しく整った顔を見て、直史は短く息をのんだ。

「どうした、こんなところで？　何かあったのか、顔色が悪いぞ」

「あの、新しい子が来るって聞きました。ぼくはどうなるんでしょうか？」

心配そうに覗きこまれて、直史は思わず口走った。勢いづいて訴えると、公爵の表情が一遍に厳しいものになった。

「誰から何を聞いたのだ？」

「あ、だって、どっちかは偽物だって……」

鋭く尋ね返されて、直史はさらに混乱を深めた。考えなしな言葉が口からかってに飛びだす。

それを聞いた瞬間、公爵は本当に恐い顔になった。眉間に皺がよせられて、冷ややかに突き刺すように見つめられる。

「あの……ぼくはどうなるんですか？」

危惧したことを尋ねると、公爵にすかさず怒られてしまう。

「誰から何を聞いたかは知らないが、憶測でものを言うのはやめなさい。ナオ、どんな時でも冷静でいなさいと教えたのを忘れたのか?」

「だけど偽物って……それはどういう?」

直史はさらに色をなくしながら、無意識に両手を差し伸べていた。

公爵はいつになく冷たい雰囲気で、何よりもそれが心細さを募らせる。

「とにかく今わたしは調べものをしていて、君と話している暇がない。それと、これから出かけるから、食事は一人で取りなさい。いいね?」

「あっ」

鼻先でバタンとドアが閉められて、直史は呆然となった。

広いライブラリーに一人で取り残される。空に差しだした手は中途半端なままで固まっていた。

指先が強ばって、なかなか元に戻らない。

抱きしめてもらいたかったのだ。なんでもない。大丈夫だと言って欲しかった。

なのに、望みは叶えられないままで取り残された。

自分の立場がいかに脆くて危ういものだったかを、今ほど思い知らされた時はない。

公爵が好きだ。

でも、公爵の方は……。

不安で胸を押し潰されそうになりながら、直史は閉ざされたドアを、長い時間見つめ続けた。

5

あれが新しい東洋人だろうか？　それともただの来客？

公爵から冷たく扱われた翌日のこと。

直史は、公爵家のリムジンから降りてきた男を、マナーハウスの二階から眺めていた。

茶色に染められた頭に華奢な身体つき。回廊の窓から玄関までの距離が離れているため、顔まではっきりわからない。でもなんとなく見覚えのある気がする姿だ。

運転手が男の物らしいスーツケースを下ろしている。

今日、来客があるとは聞かされていなかった。

それどころか、昨日のお昼からずっと公爵とはしゃべっていない。直史が真相を確かめに行ったあとで公爵は出かけてしまい、まだ帰ってこないのだ。

茶色の頭をした男は明らかに東洋系の風貌で……えっ、もしかして、鈴木尚文……？

クリスのスタジオで出会った日本人だった。

何しに来たんだろう？　クリスの用事だろうか？

ぼんやりと考えていた直史は、次の瞬間、自分の目を疑った。

リムジンから降りてきたもう一人の男は、公爵だった。あちこちきょろきょろしている尚文のそばに立ち、何かを話しかけている。そして尚文はいきなり公爵に抱きついた。公爵は逞しい腕で尚文を抱き留めて……！

信じられない光景を見せつけられて、直史は目眩に襲われたような気分だった。

うそだ。

そんなはずはない。きっと見間違いだから！

とにかく今は二人を出迎えに行かないと……。

直史はふらふらと階下に向かった。

エントランスに続く広いグレートホールで、鈴木尚文は使用人からの歓迎を受けていた。横にはやっぱり公爵が立っている。直史は不安に揺れる気持ちと戦いながら、一歩、一歩と階段を下りた。

最初に直史に気づいたのは尚文の方で、ふっと見上げた顔が何故か皮肉っぽい笑みに包まれているような感じだった。次には公爵が階段の上を見上げてくる。けれど視線が合わさったのはほんの一瞬で、公爵はすぐに尚文の方へ向き直ってしまう。

昨日からずっと胸に巣くっていた不安がさらに大きくなった。

直史は言うことをきかない足を無理やり動かして、階段を下りきった。そして尚文の前に立って、日本語で挨拶する。

「こんにちは」

尚文はちらっと直史を見ただけで、あとは無視するように公爵へ話しかけている。

「ここってすごくいいところだね、ギルバート、どうもありがとう。ぼくこういう田舎、大好きなんだ。もうすっごく幸せだよ」

言葉の端々に、どこか甘えるような響きがあって、直史は唇を噛みしめた。

不安は膨れ上がる一方で収まりがつかなくなる。

公爵は尚文を連れてテラスへ向かった。直史がこのマナーハウスに来た時とまったく同じ扱いだ。

直史ものろのろと二人のあとを追う。

公爵が直史に話しかけてきたのは、テラスに紅茶が運ばれてきたあとだった。

「ナオ、既に顔は知っていると思うが、ナオフミだ」

「あ、ギルバート、おれのこともナオって呼んで欲しいな」

公爵の言葉に、尚文はすかさず注文をつけたけれど、視線はまっすぐ直史に注がれていた。挑戦的で勝ち誇ったような眼差しだ。

「二人ともナオでは紛らわしい。君のことはナオフミと呼びたいが」

「いやだよ。おれはずっとナオって呼ばれてたんだ。変えるならあっちのナオにして」

わがままな言いぐさに、さすがの公爵も小さくため息をついている。

直史は無言で成り行きを見守った。

高めの椅子に腰かけた尚文は足をぶらぶらさせながら、おもしろそうにあたりを眺めまわしている。公爵は微かに眉をひそめ、いつもどおりきれいな所作で紅茶を飲んでいた。

これからいったい何が待っているのだろう。

直史は強ばった手でカップを持ち上げ口に運んだ。優雅になんて気を遣っていられない。それに、いつもは心を落ち着けてくれるはずの紅茶なのに、ほとんど味がしない。

もう一人の東洋人とは、やはり尚文なのだ。それならクリスの言った、どちらかが偽物になるという話も、恩人の息子の件だ。

自分が偽物で、尚文が本当の恩人の息子なら、いっそのこと早く引導を渡して欲しい。こんな生殺しみたいな状態はいやだ。

じりじりと待たされている間がたまらなくて、直史はつい自暴自棄なことを思ってしまう。

紅茶を飲み終わった公爵は、ふうっと息をつくようにして、直史に視線を合わせてきた。

「ナオ、しばらくの間、こっちのナオフミもいっしょに暮らすことになった。それで君に知らせることがある。君たちは又従兄弟の関係だとわかったのだ」

「又従兄弟《またいとこ》?」

唐突に、思ってもみないことを告げられて、直史は反射的に聞き返した。

「君のお父さんと、ナオフミのお父さんは従兄弟同士だった。親戚と言ってもお二人の間には長いこと交流がなかったそうだ。だから君たち自身も気がつかなかったようだが」

直史はさすがに驚いて、まじまじと尚文を見つめてしまった。

そんな偶然があっていいものだろうか。尚文とはほとんど同じ名前だったというだけでびっくりしたのに、それが血の繋がりまであったとは……。

直史はずっと、亡くなった父は天涯孤独な身の上だと思っていた。親戚づきあいがあったのは母方の叔父とだけ。父方に親類がいる話は聞いたこともなかった。

「不思議な巡り合わせだが」

呟くように言った公爵は、いつもどおり威厳のある姿だが、何故だか苛立たしげに見える。

尚文の方は最初からこのことを知っていたのか、おもしろそうな表情を崩していない。

「それでナオ、今回のことだが」

公爵が再び事情を話し始めた時、それまで黙っていた尚文がいきなり口を出してくる。

「あ、ギルバート。ナオにはおれから説明します。こういうの日本語の方がわかりやすいと思うし」

公爵が顔をしかめたのを気にもせず、尚文はそのあとさっさと日本語で話しかけてくる。

「おれさ、あの時言っただろ？　もし立場変わったら、どうするって。あれ、ほんとになっちゃったみたいだよ。神様はおれのことも見捨ててなかった」

「どういうこと？」

直史が聞き返すと、尚文はにんまりとした笑みを浮かべる。

「おまえ証拠ないって言ってただろ。だから、もしかしたらと思って、あのあと、友だちに色々調べさせてみたんだ。だけどさ、まさかおまえとおれが又従兄弟同士だったとは思わなかったぜ」

「それで肝心のことは？」

「あ、命の恩人の話？　そんなもん、おれの方にだって証拠はないさ。あちこち聞きまくってわかったのは、おれの親父もおまえの親父も二十五年前は旅行好きの大学生だったってだけさ。公爵がどんな調べ方をさせたかは知らないけど、そんな昔のこと、はっきりわかるわけないだろ。おまえに権利があるんなら、おれにだって権利がある。何せ、おれの親父は人助けしたって常日頃口癖にしてたんだからさ。とにかくだめ元でおれは公爵に名乗りでた。そしたら簡単に話がとおっちゃってさ、正直おれの方が驚いてる」

「それじゃ、結局真相はわかってないってこと？」

「そういうこと。ま、しばらくは仲よくしとこうぜ。よろしくな」

あっけらかんとした尚文に、直史は呆れてしまった。思いついたと同時にすばやく動いた行動力にも驚かされる。

昔、直史が生まれる前に直史の父が前公爵を助けた。そう聞かされてから、まだ二ヶ月ほどしか経っていない。

突然、天から降ってきた幸運に飛びついて、そのあとはずっと流されるみたいに生活してきた。いつの間にか公爵のことが好きになり、抱かれるようにもなって……。

だけど、きっかけになった事件のことを、直史は死んだ父から一度も聞かされたことがない。

心の中にはずっと不安があった。いったいこの幸せがいつまで続くのだろうと。

深く考えることが恐くて、目をそむけてきた恐ろしい現実が、今、直史を押し潰そうとしていた。

「説明は終わったようだな。ナオ、君には話があるからあとで書斎の方へ来なさい。それからナオフミ、君の部屋にはオコーネルが案内する」

公爵はすっと立ち上がり、テラスを出ていった。次には尚文がオコーネルに案内されて歩きだす。

直史もどっと疲れを感じながら、テラスをあとにした。

＊　＊

「入りなさい」

直史がコツコツとドアを叩くと、中から低い声で返事がある。

重い扉を押して室内に入ると、公爵は窓際に立っていた。

書斎は意外なほど小さな部屋だ。ちょっとした来客を迎えるのは、家の主人が使うライブラリー。書斎は完全にプライベートな部屋で、家族以外はとおさないのが昔からの習慣だと教えられていた。

家具はさほど大きくないデスクに椅子が二脚だけ。ソファの類はない。ただ整然と片づけられている部屋の隅に、ロンドンから運んできた書類を入れた段ボールが、いくつか置かれていた。

公爵はじっと庭の方を眺めていたが、横顔には少し疲れが出ているようにも見える。

「ナオ、昨日言ったことだが」

「ぼくが偽物かもしれないって話ですか？」

直史は公爵の言葉を遮るように吐き捨てた。

——不作法だ。

振り返った公爵は口には出さないが、そう言いたげに顔をしかめた。

「ぼくはどうすればいいんですか？」

「ここにいればいい。何も変わらない」

「いつまで？　どちらが本物か、わかるまでですか？」

「ナオ、そういう言い方はよくない。やめなさい」

公爵の眉間に皺がよせられる。いつも冷静なはずなのに、今はさすがに苛立ちが前面に表れているようだ。

自分の言動が公爵を怒らせているのだ。わかっていたが、直史は止まらなかった。

「ぼくはいつまであなたのそばにいられるんですか？　ぼくが偽物だったら、あなたがいくらぼくに色々なことを教えてくれたって、全部無駄になるのに」

頭を去らない脅迫観念に急き立てられて、直史は公爵を責めてしまう。

ここを出たら、公爵に会えなくなる。

日本に帰らなければいけなくなったら、二度と会えないかもしれないのだ。

「ナオ……」

公爵は忍耐強く、苛立ちを抑えるようにして近づいてきた。今にも直史を抱きしめようとするように両手が広げられる。

直史はびくっと一歩後退した。

今、触れられたら、きっと子供のように泣いてしまう。

こんなことで公爵に泣き顔を見られたくはない。それが最後の意地だ。

「ナオ、どうしたと言うのだ？　君はずっとここにいればいい。心配することはないと言っているのがわからないのか？」

わがままな子供を諭すように、噛んで含めるような言い方をされて、直史は目を見張った。

ここにいてもいい？

でも、これからは尚文もここにいる。直史と尚文。名前がそっくりだっただけじゃなく、驚いたことに血の繋がりまであって、しかもどちらの父親が本物の恩人か、まだわからない。

だから公爵は、直史と同じく尚文にもここにいることを許した。そして尚文は、これから直史がとおったのと同じ道を進む。公爵は尚文にも優しくして、手取り足取り色々なことを教えて。

公爵はそれを義務だと思っているから……！

今になって、一番いやなことに思い至り、直史は目の前が真っ暗になった。

腕を差し伸べ、さらに一歩近づいてくる公爵から、直史も同じだけあとずさる。

公爵を愛している。

けれど、公爵の気持ちは自分と同じじゃない。

気づいてしまったら、今までと同じではいられない。

自分がとてもわがままなことを言っている自覚はあった。でも、どうしても止まらない。

悲しい思いが込み上げて、直史は唇を震わせながら首を振った。

「ナオ」

優しい声で自分を呼ばないで欲しい。

今が限界だ。これ以上は保たないから。

直史は追いつめられた獲物のように、くるっと背中を向けた。

「ナオ、待ちなさい！」

背後から呼び止められたのに耳も貸さず、一目散に書斎から逃げだしていた。

＊　＊

「なぁ、ここってド田舎だよな。おまえよく退屈しないな……ふあぁ」

Tシャツにハーフパンツ姿の尚文は、大きなあくびをしながら直史に話しかけてくる。

ランチが終わったあとで、つき合えと言われて、いっしょにスヌーカーの台やダーツなどが揃っているゲーム用の部屋にいた。

スヌーカーはポケットビリヤードに似たゲームで、一まわり大きな台が使われる。直史がちょうどキューを持って、赤い玉にねらいをつけている時だった。

このマナーハウスに来てまだ三日しか経っていないのに、尚文はもうすっかり飽きてしまった様子で、順番を待っている今も、壁際の椅子に腰かけながら足をぶらぶらさせている。

高校を卒業してすぐロンドンに来て、一年以上ずっとイースト・エンドに住んでいたという話だから、きっと賑やかなことが好きなのだろう。直史は庭を歩いたり犬と遊んだりしているだけで少しも退屈じゃないが、尚文は野外にもあまり興味がなさそうだ。

マナーハウスはいつも静かで、大勢の使用人が働いていても物音一つしない。

公爵はあれ以来書斎に籠もっていることが多く、滅多に姿を見せなくなった。

直史はそれを喜んでいいのか、悲しんでいいのか、複雑な心境だ。

「君があまり興味ないいんだったら、ゲームはもうおしまいにしよう。ぼくはこれから散歩に行ってくるから」

あくびをくり返している尚文に断りを入れて、直史は持っていたキューを壁に戻した。

すると尚文が背後から何気ない調子で声をかけてくる。

「なぁ、おまえってさ、公爵とどういう関係？」

ストレートな質問を受けて、直史はぐっと答えに詰まった。

「……公爵はぼくの後見人だから」

当たり障りのない返事をしながら振り向くと、尚文は、ふんと言ったように唇をゆがませる。

「おまえ、おれのことどう思ってんの？　邪魔なやつとか思ってる？」

「別に邪魔だなんて……公爵は君のこと認めてるし」

キューを戻し終わった直史は、スヌーカー台の上に散らばっている玉を片づけ始める。

尚文は相変わらず足をぶらぶらさせながら、話を続けた。

「そういう意味じゃないよ。おれが言いたいのは、この窮屈な生活、いい加減うんざりしないかってことだよ。公爵に取り入ればいい思いができるかと思ったけど、これだけ退屈だと気持ちがくさくさする。おまえだってそうだろ？　おれより前から公爵のそばにいるんだし、そろそろ息が詰まってんじゃねぇの？　おれたちライバルみたいなことになってるけど、ここは協力しないか？」

「協力って何の？」

「公爵から手っ取り早くお金を巻き上げる方法を考えるんだよ。豪勢なお屋敷に住んでられるのはいいけどさ、遊ぶとこって言えばこの部屋だけ」

「ここにはＤＶＤだってＣＤだってちゃんと揃ってるじゃないか。気持ちがいいから外に散歩とか行ってもいいし」

直史が言うと、尚文は呆れたように後ろへ仰け反ってみせる。

「そんなんだけじゃ刺激が足りねぇよ。こんな田舎じゃせっかくのチャンスも生かせないじゃないか。だから二人でなんとか公爵をその気にさせてさ、お金だけもらえるように相談してみようぜ」

「断る！」

直史は腹立たしさをそのまま尚文にぶつけた。

公爵がどれだけ心を尽くしてくれているか、尚文は全然わかってない。

たとえ義務からだとしても、公爵は直史の世話を決して他人任せにしなかった。これからは尚文のことだって大切に扱うに違いないのに、これではあまりにも公爵がかわいそうだ。

「なんだよ、そう気取るなよ。おまえだっていくらかっこつけたって、最終的には経済的な援助を受けてることに違いはないだろ」

尚文の言うことにも一理あって、直史は怯みそうになったが、許せない気持ちの方が強かった。

「君が何をしようと詮索しないし、告げ口もしない。かってにやればいい。でもぼくは絶対に協力しないから」

直史がはっきり宣言すると、尚文は、ちっ、とこれ見よがしに舌打ちして、そのあとぶすっと黙りこんだ。

今が初めての諍いじゃない。尚文とは毎日ちょっとしたことで揉めている。

日本語でのやり取りを理解する者はいないだろうが、古株の直史と新顔の尚文との仲がよくないことは、既にこのマナーハウス全体にも伝わっているだろう。

尚文といると、公爵から厳しく教えられた紳士の心得が、ちっとも発揮できない。それに中途半端で曖昧な自分の立場を考えると、深いため息が出る。

その時、カチャリとドアが開けられる音がして、うわさをしていた公爵本人が端整な顔を覗かせた。休暇中にふさわしく、カジュアルな茶系のスーツをさりげなく着こなしている姿を一目見て、直史は一遍に胸が熱くなった。夏になって日の光にさらされたせいか、ダークな色合いだった金褐色の髪がブロンドに近くなっている。

「ここにいたのか、ナオ、少し話がある。いっしょに来てくれ」

公爵に呼びかけられたのは直史だ。ところが尚文の方が先にぱっと立ち上がって歩みよる。

「おれですか？」

尚文は人差し指を自分の胸に当てて尋ね返した。

「違う、君じゃない。ナオだ」

「え、だっておれもナオだもん」

少しふくれ加減に言った尚文に、公爵は苦笑するように口元をゆがめる。

「そうだったな、悪かったナオフミ」

「おれ、退屈なんですけど、なんかすることないんですか？」

「君には申し訳ないことをしてるな。もう少しで仕事が片づくから、そしたら色々つき合おう。君のために買い物もしなくてはいけないし」

「うわ、おれ楽しみにしてます。でも仕事大変なんでしょ？　おれのことはあとまわしで全然大丈夫です。ここは気持ちいいし、ナオもいるからちゃんと待ってますよ」

「そうしてくれると助かる」

尚文は、ちょっと前に悪巧みをしていたとは思えないほど公爵に甘えていた。尚文の調子のよさには呆れてしまうが、公爵の口調も優しげで、直史はくっと唇を噛みしめた。

これ以上、二人が仲よさそうにしているところは見たくない。

苛立ちが募った直史は、この場から出ていくつもりで、公爵の横を足早にすり抜ける。

「ナオ、待ちなさい。ナオ！」

公爵の呼びかけを振り切るように、直史は駆けだしていた。

子供っぽい自分の態度がいやになる。でも、尚文に対する嫉妬で頭がおかしくなりそうだった。

長い廊下を小走りに駆け抜けて、テラスに到達する。庭に出て澄んだ空気でも吸えば、少しは気持ちが落ち着くだろう。

だが外に通じるドアに達する直前で、直史は公爵に追いつかれてしまった。

「ナオ」

「やっ、離して下さい」

乱暴に手首をつかまれて、直史は鋭く制止の声を上げた。

「今までずっと素直だったのに、何故、わたしに逆らうのだ。話があると言っただろう、ナオ」

ぐいっと腕をねじ上げるようにされて、直史は観念した。公爵の力には敵うはずもない。

険悪なムードには関係なく、テラスの中では薔薇の花がいい香りを放っていた。白い桟で仕切られたガラス窓はところどころで開けられて、外の空気も運んでくる。温室の中にある薔薇は白いものが多いが、外に続く場所には赤や黄色、ピンク、と今が盛りのように咲き誇っていた。

直史は公爵に腕を引かれ、白薔薇の花影に連れこまれる。大きく育つ品種らしく、公爵の長身でさえ隠してしまうほどの木だ。

腕ごと抱き竦められて、いきなり口を塞がれる。

「んんっ」

口中深く侵入した公爵の舌は、誘うような動きで直史の強ばりを解かす。

キスに慣らされた直史は、すぐに甘い感触を貪った。

尚文が現れて以来、公爵に抱かれていない。頭では拒否したいと思うのに、身体は素直に公爵の愛撫を受け入れる。

一度深く舌を絡められてからは、直史は自然と自分の方からもっと深いキスをねだっていた。

「ナオ……」

公爵の胸に抱きしめられて、直史は胸を震わせた。

やはり逆らうことなんてできない。好きで好きでたまらないのだ。

たとえ公爵の気持ちが同情で、直史を抱くことが義務だったとしても、拒めなかった。

「あっ……だめ」

公爵に、ぐっと腰を引きよせられて、直史は声を上げた。

キス一つで熱くなっている。これ以上接近すれば、直史はまた、ここがどこだったかも忘れて、身体中火がついたようになってしまう。

「あ……」

「それならおとなしくわたしの部屋へ来なさい。いいね？」

耳に吹きこむように囁かれ、直史は赤くなりながら頷いた。

そして邸内にも関わらず、肩を抱きよせられたままで、二階の公爵の部屋へ向かう。

近くの階段を上がる時、廊下の向こうに尚文の姿を見かけ、直史は小さく声を放った。

「どうしたのだ？」

「尚文が……」

「今はいい。あとにしなさい」

公爵は短く言ったきりで、直史の手を引いたまま階段を上り始める。

尚文はじっとこちらの様子を探っていたようで、直史は気になったのだが、公爵の勢いには負けてしまう。

そして公爵の私室に一歩入ったとたん、直史はまた情熱的に唇を奪われた。

「んんっ……んっ」

深く舌を絡められ、しっとりと吸い上げられる。

頭がぼーっとなり、ぐったりと公爵にしがみついてしまうまで、直史は唇を貪られた。

唇を離されたあと、公爵にまた手を引かれて、隣の寝室へと移動する。

公爵は本当に仕事が忙しかったのか、書斎の方じゃなく、自室にまで書類の溢れた段ボールを持ちこんでいた。豪華な部屋には似合わないその箱を横目で見ながら、直史は次の間へと入っていく。

「ナオ」

公爵は、紺色のカバーがかかった大きなベッドに、直史の身体を押し倒した。

上からのしかかられて、性急に服を脱がされる。胸を剥きだしにされた時になって、直史はふいに今がまだ日の高い午後だったことを思いだす。

急激に羞恥に襲われた直史は、公爵を押しのけるようにして上半身を起こした。

「どうしたナオ？　どこへ行くつもりだ」

ベッドから下りようとした直史は、公爵に手をつかまれて、引き留められる。

「あ、手を離して下さい。こんなのだめです」

「どうしてだめだ？」

公爵の声はいつもどおり低くて官能的だ。

でもキスの呪縛が解けた今は、反抗的な気分の方が上まわる。

自分の立場が中途半端なのがたまらないし、それにどうしても尚文のことが気になった。

公爵は自分を優しく情熱的に抱いた。それなら、もし尚文が本物の恩人の息子だとわかったら、尚文のことも同じように抱くのではないだろうか。

自分などより尚文の方がうんとかわいいし、公爵にも上手に甘えている。

もしかしたら、公爵だって尚文の方が好きになって……。

「もういやです！」

突然湧き起こった尚文への嫉妬に駆られ、直史はさっと公爵の手を振り払った。

公爵が自分だけを愛してくれるのでなければいやだ。

やみくもにベッドから逃げだそうとすると、肩を強く押さえられる。

「いやとはどういう意味だ、ナオ。君は素直でいい子だったはずだ。なのにどうしてそう反抗的になった？」

いかにもがっかりだというような口調に、直史は唇を噛みしめた。

公爵に嫌われることは何よりもつらかったが、気持ちは収まらない。

「離して下さい」

「ナオ、何故、わたしの言うことをきかない？」

頑固に顔を背けていると、公爵の手で顎をつかまれて、無理やり正面を向かされる。

「だって、あなたは……」

直史はそこで一旦言葉を切って、再び強く唇を噛みしめた。それから胸から溢れたもどかしい気持ちをすべて公爵にぶつけた。

「だってあなたは尚文にも……尚文のことも！」

「それはどういう意味だ？　君とナオフミは違う。君はまさかわたしがナオフミのことも抱く、とでも思っているのか？」

公爵は怒りも露わに吐きだした。

蒼い瞳で射抜くように視線をとらえられる。直史は一瞬と怯みそうになったが、そのまま強い調子で公爵を責めた。

「だって、同じじゃないですか！　あなたは尚文にも優しくするし！」

「それは仕方のないことだ」

「仕方がない？」

思いがけない言葉に耳を疑って、直史は呆然と聞き返した。

すると公爵は直史の肩をつかんだままで、うんざりしたように説明を始める。

「父は恩人を探しだすのに調査会社を雇った。わかっていたのはスズキという名前の学生だったことだけだ。しかし日本にはスズキという名字の者が多い。該当者を探しだす道は困難を極めた。調査会社は地道に何年も追跡調査を続け、ようやく非常に可能性の高い人物がいるとの報告が入ったのだ。君の父上が存命ならばすぐに確かなことがわかっただろうが、証拠となるようなものがあったわけじゃない。しかしわたしは君をイギリスに呼びよせることにした。尚文は自分から可能性を調べてわたしのところに来た。君の父上と彼の父上は当時なんらかの交流があったらしく、二人でいっしょに旅に出たことがあるのもわかった。尚文が恩人の息子である可能性は無視できない」

公爵の声は冷ややかで、直史のわがままを持て余している感じだった。

恩を忘れなかった前公爵、そして遺言どおりに恩人を探しだした公爵。本当に尊敬できる人たちだ。だからよけいに胸が塞がれたようになる。

「だから……だから同じにするんですね」

直史はぽつりと尋ねた。

「それがわたしに科された義務だからな」

公爵からはっきりと答えが返ってきて、直史は打ちのめされた。

やっぱり義務なんだ……！

公爵は義務で自分に優しくし、色々なことを教え、義務で抱いた！

「いやだ！」

直史は公爵を押しのけ、本気でベッドから逃げだそうとした。

だが直史が暴れたことで、公爵も怒りを煽られたらしく、乱暴に身体を引き戻されてしまう。

「ナオ！　どうして逃げる？　わたしは君を手放す気はないと言っただろう。何が不満だ？」

「いやだ、あなたの言うことなんかもう信用できない！　大嫌いだ！」

心にもないことを叫んだとたんだった。

公爵ははっとしたように息をのみ、そのあと無言で直史の両手をつかんだ。抗うことを許さない強い力だった。

「ナオ……わたしのことを信用しないとはどういうことだ？　君はわたしのことを好きでいてくれるかと思ったのに」

公爵の声の調子は完全に変わっていた。

瞳はまるで氷のように凍てついて、直史を突き刺してくる。

こんなに冷酷な公爵は初めてだった。とうとう全面的に見放されてしまったようで、胸がずきりと痛む。

「手を……離して下さい」

「君のことはずいぶんかわいがってあげたつもりだったが、足りなかったようだね、ナオ。それにどうやらわたしは、今まで君に甘くしすぎていたようだ」

直史の頼みに取り合う様子はなく、公爵はますます冷ややかな感じになる。

そして直史の両手をひとまとめにし、自分の首からするりとネクタイを抜き取った。

「やっ……何を……？」

直史はなんの抵抗もできないうちに両手を縛り上げられて、さらにその手をベッドヘッドに繋がれた。

「ナオ、わたしは君を手放す気はない。それをよく教えてあげよう。わがままを言う子にはお仕置きも必要だ」

「やめて……下さい。あなたに抱かれるなんて、もういやだ」

直史が震え声で懇願すると、公爵は一転してふわりとした笑みを見せた。しかしそのあとすぐに直史のズボンを下着ごと引き下ろしてしまう。

公爵はスーツの上着だけ脱ぎ捨てて、全裸になった直史の両足首をつかんだ。

ぐいっと簡単に両脚を割られ、恥ずかしい場所がすべてさらされる。

公爵は直史の足首をつかんだままで、頭を下げてきた。

胸の先端に唇をつけられて、直史はびくっと身体を震わせた。短期間で、すっかり開発されてしまった場所だ。乳首はすぐに存在を主張して勃ち上がる。

「ちょっと触っただけで、いい反応だ。わたしに抱かれるのがいやだなんてうそのようだな、ナオ。胸にキスされるのが大好きだろう。ここもぐんと大きくなったぞ」

上からじっと見られているのが自分の分身だと知って、直史は真っ赤になった。

先程温室でキスされた時から反応し始めていたのだ。それにどんな状況だろうと、公爵に触れられると、自分の意志に関係なく、身体がかってに変化を起こしてしまう。

「ナオ、素直に言うことをきくと約束すれば、許してあげよう。ひどくはしない」

優しげで宥めるような声音だったが、直史はくっと唇を噛みしめて、首を横に振った。

すると公爵は、まるで悲しいことでも聞いたかのように、蒼い目を細めて見つめてくる。直史が従順になるのを待ち望んでいるような感じだった。

それでも頑固に押し黙ったままでいると、公爵はすぐにまた元の冷たい表情に戻る。

「君があくまで抵抗するつもりなら仕方がない。素直になれるまで、ここには何もしてあげないことにしよう」

不穏な宣言をされて、直史は恐怖にとらわれる。

これから何をされるのかと首を竦めた時、また公爵の唇が敏感な乳首に吸いつく。

「んんっ……あっ、あん」

わざと先端を尖らせるように歯を立てられて、直史はそのたびに背中を反らせた。

左の乳首が散々甘噛みされたあとで、今度は右のそれがちゅうっと吸い上げられる。

刺激はダイレクトに下半身へ伝わった。たまった熱は耐え難いほどで、直史は目尻に涙をためた。

両脚は公爵の手で極限まで開かされたままだ。しかも公爵は愛撫を欲しがって揺れている中心には、わざと触れないようにしている。宣言どおり、直史が素直になるまで徹底的に焦らすつもりのようだった。

「すごいな、ナオ。乳首にキスしただけなのに、すっかり大きくして、なかなか元気がいい。お仕置きのつもりだったが、もっと君の好きなこともしてあげようか」

公爵は楽しそうにそう言って、ばらばらにつかんだ直史の足首を、上の方へ移動させた。自然と腰が浮き上がり、恥ずかしい谷間までが完全にさらされてしまう。

公爵はさらに金褐色の頭を下げ、太股のきわどい部分に噛みつくようなキスをした。肌にわざと痕を残すように、そこがきつく吸い上げられ、ぴりっとした痛みが走り抜ける。同時に張りつめた中心が、公爵の息を感じてびくりと揺れた。

「んんっ」

直史が思わず腰をよじると、公爵の唇がいきなり狭間に移動する。

丁寧に、何度も唾液を送りこむように狭間が舐められて、尖らせた舌先が中にまで入りこんだ。

「ああ……くっ」

直史は羞恥のあまり小刻みに身体を震わせた。いやらしい公爵の舌先から逃げだそうと、両手も引っ張るが、ネクタイで繋がれていては自由になれない。

公爵は足首をつかんでいた手を離し、指でもいたずらを仕かけてきた。

舌で散々濡らされた場所に、長い指が埋めこまれ、中をいやほど掻きまわされる。

一番感じる場所をくいっと押され、直史は掠れた叫び声を上げげた。

「やっ……ああ——っ」

中に入れられた公爵の指を思いきりくいしめて、先端からはさらに雫が溢れる。

なのに蜜をこぼしている中心には見向きもされず、後孔ばかりいじられる。

「いやっ……あああっ」

直史はひっきりなしに嬌声を漏らし、大きく胸を喘がせた。

指の数を増やされて、前後左右に動かされる。

公爵の舌でたっぷりと濡らされていた場所は、ぐちゅぐちゅといやらしい音を立て、激しい動きを悦ぶように解れていく。

「ナオ、ひくひくとすごい有様になってきたようだね。指ではもう足りないようだ。かわいそうだから、そろそろわたしのを入れてあげようか。太いので擦られるのが好きだっただろう」

淫らな言葉を吹きこまれただけで、直史は背筋を震わせた。

とろけきった場所も、期待するようにぎゅっと公爵の指を締めつける。

「すごいな……」

はしたない反応を笑うように、公爵はわざとゆっくり奥を掻きまわしてから、指を抜き取った。

直史は羞恥で真っ赤になりながら首を振った。

公爵はすばやく滾ったものを取りだして、濡れた狭間にあてがった。

ぐっと硬い先端で狭い場所がこじ開けられる。

「いやあ……っ」

ゆっくりととろけた壁を割られ、敏感な襞が擦られる。

直史は痙攣するような快感を感じながら、逞しい公爵を根元まで受け入れさせられた。

「すごい締めつけだ。そんなに待ちどおしかったのか、ナオ？　入れただけでまた溢れているようだが」

「やっ」

両手を縛られて上に掲げ、浮かせた腰を深々と灼熱の杭で串刺しにされている。

いっさいの抵抗を奪われた直史は、首を振るしかない。

こんな風に無理やり抱かれるのはいやだ。それでも慣れた身体は公爵をくいしめてかってに快感を貪っている。

かまってもらえない中心は、溢れるほどの蜜をこぼし、もう痛いほど張りつめている。

思いきり触れてもらい、達かせて欲しいのに、完全にそこは放置されている。

「ああっ……あっ……」

弱みを抉るように何度も腰を使われ、直史は連続して嬌声を上げた。

そこを突き上げられると、たまらなくなる。

もう達きたくて、達きたくて仕方ない。たまった熱を放出しないと頭がおかしくなる。

なのに公爵は手を貸してくれない。

「いやあーっ、もう……あっ、ああっ、やああ――っ」

「なんだ、ナオ？　欲しいものがあれば素直に言いなさい」

「いや……やあ……」

声だけは極上に優しかった。けれど冷酷な公爵に、直史はがくがく首を振った。

「ナオ、気持ちいいんだね？　もっともっと好きなところを掻きまわしてあげよう」

ぐっと深く突き入れられて直史は仰け反った。

快楽の中枢をいやほど擦り上げられる。それでも達けなくて、直史はとうとう陥落した。

「もう、もうお願……達かせ……お願い」

「ナオ……かわいいナオ、やっと素直になったね」

「あ、公爵……」

涙に曇った目を開けると、公爵のきれいな瞳がしっかり自分を見つめていた。

欲望に満ちた熱っぽい視線を浴びて、鼓動がさらに早くなる。

形のいい公爵の唇が薄く開かれて、やっと許しがもらえるのだと期待が高まる。

しかし。

「ナオ、達きたいなら達っていい。わたしも手伝ってあげよう」

公爵は再び抽挿を開始した。

ぎりぎりまで引き抜かれ、また奥まで突き入れられる。

深い場所にくわえさせられたままで、ぐるりと抉るように腰をまわされて、それでもまだ前には触れてもらえない。

「あ、……な、なに?」

期待を外された直史は、激しく腰を揺さぶられながら目を見開いた。

ぐいっとポイントを擦り上げられるたびに、高まった熱がたまる。放出のきっかけを与えられないまま、熱はどんどん体内にたまった。

「さぁ、どうした？　達きたいなら達っていいんだよ、ナオ」

優しく促すように言われる。

直史は信じられずに目を見張った。

「あ、で、でも……やあっ」

「ナオ、君はほんとにかわいくて素敵だ。わたしも我慢できなくなった。達きそうだ。奥にいっぱい熱いものをかけてあげよう」

「やっ、やあー、待って……待っ……触って……ああ——っ、触って」

おいていかれそうになって、直史は惑乱した。

頭を振り立てて懇願する。

「ナオ、君はもう後ろだけで達けるはずだ、さぁ、いっしょに」

「あああ——っ」

ぐいっと一際強く深みを抉られて、悲鳴を上げる。

頭が真っ白に炸裂する中で、直史はとうとう触れられないままで最後を迎えた。

中の公爵を思いきりくいしめて、上りつめる。

ほとんど同時、最奥に熱い飛沫がかけられる。

意識が薄れていく中で、直史は遠く公爵の声を聞いたような気がした。

「……ナオ……誰にも渡さないよ……わたしだけのものだ……」

縛めを解かれ、両腕に抱きしめられた時にはもう直史は完全に意識をなくしていた。

＊　＊

空はすっきりと晴れ渡り、マナーハウスの庭には気持ちのいい風が吹いていた。

厩舎から引きだされたスノーに、直史はぎこちなくまたがった。初めて体験して以来ずっと公爵が忙しかったので、今日がやっと二回目の乗馬になる。

昨日の午後、ひどい抱かれ方をしてから、直史の胸にはまだわだかまりが残っている。けれど直史は結局公爵には逆らえない。久しぶりに乗馬を教える、と言われてしまえば、条件反射のように従ってしまっていた。

「ナオフミは今日、見ているだけにしなさい。君の分はまだ衣装もない。猟騎帽はきちんとサイズが合ってないと危険だからな」

公爵はそう言いおいて、颯爽と茶色のスターに騎乗し、軽く馬場をまわり始める。

クリス・BのTシャツとブルーのハーフパンツを穿いた尚文は、最初、乗馬なんか興味ないとごねていたが、公爵にかまってもらえるのが嬉しいのか、満更でもなさそうに近くをうろついていた。直史が乗ったスノーのまわりを一周し、そのあとなめらかな腹に触ったりしている。

「直史、おまえが持ってるのって鞭？　かっこいいな、ちょっと見せてくれよ」

「あ、ちょっと」

まだ乗馬に慣れていない直史は、手綱と鞭、両方いっしょに持つのは難しく、鐙《あぶみ》に入れた足も安定せずに中途半端な状態だった。尚文はそんな直史からひょいと鞭を取り上げてしまう。

「なんかすげぇな。これでバシってやるんだ」

「だめ、返してよ」

言った瞬間だった。

やっとの思いで上体をひねって後ろを見ていた直史の視界で、尚文が本当に鞭を振るってしまう。

スノーはいきなり駆けだした。

「ああっ」

大きくバランスを崩した直史は、斜めになった身体を振り落とされないよう無意識に動く。体勢を立て直そうとした反動で、思わず馬の腹を蹴った。拍車でぐさっと腹を突かれたスノーは、さらにスピードを上げて走りだす。

「うわっ！」

勢いで手綱を離してしまい、直史は悲鳴を上げた。

左足のブーツは完全に鐙から外れ、直史は斜めで必死に馬にしがみついているしかない。

スノーは開いていた鉄のゲートからフルスピードで飛びだした。草地を横切り一直線に森へ突っこんでいく。

見る見る迫ってきた木立に直史はぎゅっと目を閉じた。

森には木の枝が張りだしているところがある。大きな倒木も！

恐怖が込み上げた。

助けて！　公爵！

心で叫んだ瞬間、スノーがざっと前足を跳ね上げる。

「ああ――っ！」

直史はふわっと空に投げだされた。

「ナオ！」

もうだめだ！

どさっと衝撃を受け、そのあとざざざーっと身体が横に滑る。

どん、と何かにぶつかった音はしたが、覚悟した痛みはこない。

直史は何かに大きなものに守られていた。

とっさに目を開けると、逞しい腕で抱えられている。

「公爵！」

助けてくれたのは公爵だった。

直史は夢中で身体を反転させてしがみついた。

まだ恐怖が抜けず身体ががくがくしている。同時に、どっと安堵の涙が溢れてきた。

「無事だったか、ナオ？　どこも痛くないか？　怪我はないか？」

「あ……ああ……」

心配そうに聞かれて、直史は嗚咽を上げ、なおも必死に公爵にかじりつく。

「……くっ」

「！」

押し殺したようなうめき声が耳に届き、はっと涙で濡れた目を見開いた。

公爵は口元をゆがめ、それでも直史に笑いかけようとしている。

上にのしかかるようにしていた直史は慌てて公爵の身体から下りた。

ぺたりとその場にしゃがみこんだが、公爵はいつまでも身体を起こそうとしない。

「ど、どうしたんですか……公爵……？」

「……どうやら骨折でもしたらしい。君を抱き留めたまではよかったが、目の前の木にぶつかるのを避けようとした時、無理な体勢を取った。不覚だな、君にこんなみっともない姿を見せるとは」

自嘲気味に言った公爵に、直史は蒼白になった。

「……ぼくのせいだ……ぼくの……あ、そんな……あなたが怪我するなんて」

「気にしなくていい、ナオ。君が無事でよかった」

「でも、やっぱりぼくのせいで……」

新たにどっと涙を流すと、公爵は優しい手つきで直史の頭を自分の胸によせる。

宥めるように髪の毛を撫でられて、なおのこと涙が溢れてきた。

「大丈夫だから、泣くな」

公爵が助けてくれた。

それが嬉しくて、また自分のために傷ついた公爵が心の底から心配で、直史は胸の震えが止まらなかった。

しばらくして、騒ぎを知った厩舎の管理人が二人、大慌てで馬を駆ってくる。

公爵は右足を骨折したらしく、そのあと差し向けられた車で病院に運ばれた。

スノーは直史を振り落としたあと身軽になったせいか、怪我もせずに自分で厩舎に戻っていた。

鞭を振るって事件の原因を作った尚文は、公爵がストレッチャーで運ばれて行ったのを見て、さすがに青ざめた顔をしていた。

「どうして、あんなことしたんだよ？　ぼくが怪我したんだったらまだいいよ。でも、公爵が……公爵が……！」

直史は尚文の姿を見たとたん、かっと怒りにかられて怒鳴りつけた。

気持ちが収まらなくて、尚文の着ていたTシャツをわしづかみにして締め上げる。

自分が未熟だったせいで馬をコントロールできなかった。それは充分に承知だが、尚文さえあんないたずらをしなければ、公爵は怪我をせずに済んだのだ。

尚文は直史の勢いに一瞬怯えたような様子を見せたが、そのあとすぐに開き直ったようににらみ返してくる。

「おれのせいにばっかすんなよ。おまえがあんなへたくそだったなんて知らなかったんだから。気取って馬に乗ってんならあれぐらいでガタガタすんな。公爵が怪我したの、全部おまえのせいだ」

「なっ」

Tシャツをつかんでいた手を振り払われて、直史は息をのんだ。

尚文の言うことは間違ってない。

自分の罪を認めない尚文には腹が立つが、公爵が怪我したのは、直史を助けたせいだから。

言い返すこともできずにいると、尚文はぷいっと横を向いて邸内に入っていく。

直史は握りしめた拳をぶるぶると震わせながらそれを見送った。

＊　＊

「えっ、どうしてですか？」

事件の翌日。

直史は公爵の私室の前で、執事のオコーネルから入室を阻まれて、唖然となっていた。

公爵は近くの村にある病院に運ばれて、処置を済ませた。右足踵部分の単純骨折ということで、入院はせずにマナーハウスで療養することになったと聞いて、少しはほっとなっていた矢先だった。

「申し訳ないですが、公爵はどなたにもお会いにならないそうですので」

オコーネルに慇懃無礼に断られ、直史はため息をついた。

アベンフォード公爵家の執事はもちろん公爵の命令を死守する。公爵自身が命じたことなら、絶対に例外はありえない。

「いつならいいんですか？　午後なら大丈夫でしょうか？」

直史はくいさがったが、結果は同じだった。

「公爵は当分の間、お部屋に誰も呼ぶなと仰せです」

冷たい答えはさらに直史を落胆させるものだった。

「わかりました……でも怪我の具合はどうなんですか？　ぼくのせいで公爵が骨折したのに、何もできないなんて……せめて様子を教えて下さい」

「順調に回復に向かっていらっしゃいますよ」

黒いスーツを着た執事は、一瞬だけにこりとした笑みを浮かべた。そして最後に少しだけ直史を安堵させる言葉を口にする。

「ナオフミ様のことはちゃんとお伝えしておきます」

「早くよくなって欲しい。それだけお願いします！」

直史は必死に伝え、仕方なく部屋の前から引き揚げた。

しかし翌日も、さらにその翌日も、直史は公爵に会うことができなかった。

心配でたまらないのに、いつもオコーネルに断られてしまうのだ。

そして直史に衝撃を与える事件は、公爵が怪我をしてから三日目に起きた。

「ナオフミ様、公爵がお呼びです」

ランチの時、ダイニングに入ってきたオコーネルに言われ、直史はぱっと席を立った。ところがほぼ同時に尚文もいっしょに立ち上がる。

オコーネルは少し困ったように、直史と尚文の顔を見比べた。そしてゆっくりと尚文に向かって礼をする。

「公爵がお呼びです。お部屋の方にご案内致しますので、お越し下さい」

「あっ、ぼくは……？」

直史は焦って問いかけた。

するとオコーネルはさらに困ったような顔になる。

いやな予感がして直史が息を詰めていると、公爵の忠実な執事はいつもの冷静な声を出した。

「申し訳ございません。公爵がお呼びになったのはそちらのナオフミ様だけです。ナオフミ様には当分の間お会いしたくないと仰せなので、今しばらくお部屋の方に行かれるのはご遠慮下さい」

「えっ」

直史はその場で呆然と立ち竦んだ。

公爵は尚文だけを呼び、自分を避けている！

尚文は勝ち誇ったような顔を見せ、意気揚々とオコーネルのあとについて歩きだす。

直史はショックで固まったまま、一人、豪華なダイニングルームに取り残された。

6

公爵に避けられていた。

尚文は最初に呼ばれた日以来、ちょくちょく公爵のところへ顔を出していたが、直史はその後もずっと部屋に行くことを禁じられている。

公爵が怪我をしてからもう一週間も経っている。その間ずっと顔を見ることもできなくて、直史の心細さは募るばかりだった。

尚文とは気まずいままになっていた。しかし直史は公爵が心配なあまり、思わず部屋から出てきた尚文をつかまえる。

「公爵はどう？　怪我はちゃんとよくなってる？」

さっさと廊下を歩いていくのを追いかけながら、せきこむように公爵の様子を聞く。

だが尚文は、直史の心配をわかっていながら、意地悪く答えを焦らした。

「ねぇ、尚文！　お願いだから教えてよ。公爵は無事なの？」

広い階段の踊り場で直史が我慢できずに叫び声を上げると、尚文はようやく振り返った。

「ギルバートなら順調に回復してるぜ」

「それならぼくも……すぐに」

会えるかな、と聞きたかったのだが、それを尚文に冷たく遮られる。

「そんなこと聞くまでもない。公爵はおまえのせいで怪我したんだぜ？　おまえの顔なんか見たくないに決まってるだろ」

ぐさっと胸に突き刺さる言葉だった。

元はと言えば、尚文のいたずらでこんなことになったのだ。なのに、死ぬほど後悔の念に駆られている自分に比べ、尚文には反省している素振りさえない。けれど、公爵が直史を助けるために骨折したのも事実で……。

とにかく尚文の言葉は信用できない。公爵が本気で自分を遠ざけるはずがないから。

そう信じていたけれど、それじゃ何故自分だけ避けられているのかを考えると、うまい説明がつかなかった。

たじろいだ直史を見て、尚文は意地悪そうな笑みを浮かべる。

「おまえ、こんな必死なのにギルバートに嫌われて、なんかかわいそうだよな」

「！」

「ま、これも運命ってやつさ。もういい加減諦めたら？　おまえがいくら必死になったって、公爵に呼ばれるのはおれだけなんだし、もしかしてどっちが本物か、わかったのかもな」

尚文はそれだけ言うと、軽い足取りで階段を下りていく。

直史は悔しさに唇を噛んだ。

ぐらぐらと足下が崩れてきそうな恐怖にも襲われる。

それを懸命にこらえ、直史は重い足を引きずるようにして自分の部屋に戻った。

マナーハウスで与えられているのも、ロンドンの部屋に負けずに豪華なものだ。二階部分の東端。公爵の部屋からも比較的近い場所だった。なのに面会を禁止されている今は、その距離が恐ろしく長いように思える。

直史は真っ直ぐクローゼットに向かい、チェストの引きだしから家族写真を取りだした。ロンドンからの荷物に入れ、しまっておいたものだ。それを持って寝室へ行き、疲れを感じる身体をベッドに横たえる。

こんなことでくじけてしまいたくはないのに、両親の写真を目にすると、じわりと涙がにじむ。

公爵が好きだ。心配でたまらない。

それにほんの少しでもいいから顔を見たかった。

こんなことになるなら、あの時わがままを言って困らせたりしなかったのに……。

突然イギリスの公爵から呼びだされ、この国に来て、もう二ヶ月以上になる。

その間直史はすごい勢いで変わった。公爵に色々なことを教えられ、好きになって……。

この気持ちはもう絶対に後戻りはきかない。

公爵は何があっても、自分を手放す気はないと言ってくれたけど、本当はどうなんだろう。

もしも真の恩人が尚文の父親だとわかったら、やっぱり尚文だけを手元に置いておきたいのではないだろうか。

そして、きっと直史にしてくれたと同じように、尚文をかわいがる……。

一人でいると、暗い思いばかりが堂々巡りする。

直史はベッドから半身を起こし、眺めていた写真をサイドテーブルに置いた。代わりにロンドンから持ってきた童話の本を胸に抱きしめる。

イギリスに着いた初日に公爵が用意してくれていたものだ。優しい心遣いが嬉しくて、あれ以来ずっと宝物のようにしている本のうちの一冊だった。

「公爵……」

直史は小さく呟いた。

そして右腕を目に当てて、にじんできた涙を拭った。

泣いてちゃだめだ。なんとか気持ちを立て直さないと。せっかく公爵に、いつも自信を持って行動しろと教えられたことが無駄になる。

とにかくこのままずっと会えないなんてことはないはずだ。全治二週間ぐらいだと聞いているから、もう少しだけ我慢をすれば……。

＊　＊

その夜遅く、直史は急に喉の渇きを覚え、そっと自室を抜けだして階下へ向かった。部屋に用意されていたアイスティーは飲み干してしまったが、もう少し何か欲しい。

しんと静まり返ったマナーハウスの廊下には、窓から月明かりが射していた。直史はそれを頼りにしながら階下を目指した。

ダイニングは一階の西側で、厨房は確かその奥の方にあったはずだ。もう誰も起きていないだろうけど、何か一杯飲むぐらいならなんとかなるだろう。

日本で住んでいたワンルームと違い、広い屋敷はこういう時に不便だ。

直史は新しい発見をしたような気がして、久しぶりに笑みを浮かべた。

一階の長い廊下を進んでいた時だ。

薄闇の中で、どこかから人の話し声が聞こえ、直史は歩みを止めた。

こんな時間に……もしかして泥棒？

さあっと恐怖を感じて足が竦む。でも確かめずにはいられなくて、直史は物音のした方へ恐る恐る近づいた。

ぼそぼそと話し声が続き、合間に小さな笑い声も響いてくる。それも一人だけじゃなく、何人かのものだ。

誰だ？

笑い声を立てる泥棒なんていない。直史はますます不審を感じながら、あやしい者たちが潜んでいるらしいゲーム室へと歩みよった。

分厚いドアに耳をあてながら、中の様子を窺う。

「おいおいナオフミ、なんかいいもんがあるかもって言うから、こんなド田舎まで来てやったのにさ、なんだよ、ここ。なんもねぇじゃん」

「あはっ……ほんとだよな。つまんねぇ田舎。だけどワインだけは飲み放題。おまえたちが来る前にワイン倉の鍵を手に入れておいてよかったよ」

「だけど、ワインだけじゃな……もっとなんかないのかよ、ナオフミ」

ワインを盗んで酒盛りをしてる？

直史はきっと眉根をよせた。

これは尚文と尚文の友人たちだ。きっと公爵に内緒でロンドンから呼びよせたに違いない。

「贅沢言うなよ。だけどさ、厨房からかってにグラスとか皿とか持ってきたけど、これって確かすげぇ高い値段がつくんじゃなかったっけ？」

「この皿？　そう言えば、裏にどっかで見たことあるような銘が入ってるな」

「やたらといっぱいあるからちょっとぐらい減っててもばれないよ。これでも持ってけば？　ネットオークションで売れれば、高値がつくかも」

尚文にそそのかされて、友人たちはすっかりその気になったように笑っている。

公爵が怪我してるのをいいことに、細かいものを盗もうだなんて、許してはおけない。

直史は我慢ができなくなって、前触れもなくカチャリとゲーム室のドアを開けてしまった。

「あれっ、直史？」

けろっとした顔で振り返った尚文を、直史はにらみつけた。

「尚文、何してるんだよ、こんなとこで？　今、お皿とかグラスを盗む相談してたけど、本気じゃないだろうな？」

後先も考えずに糾弾すると、尚文は驚いたように眉を上げた。

「なんだ、聞いちゃったんだ。困るよなぁ」

手に赤ワインのたっぷり入ったグラスを持ち、尚文はソファに腰かけていた。ろれつがまわっていないところをみると、相当酔っているらしい。

室内には他に三人の男がいて、二人はスヌーカーの台を囲み、もう一人はダーツをやっている最中だった。そのうち二人には見覚えがある。この前イースト・エンドで話しかけてきた、ミュージシャン風の男たちだ。

「もしかして、公爵の許可ももらわないで、この人たちをかってに呼んだんじゃない？」

「当たり！　だってつまんねぇしさ」

尚文はにこっと笑いながら、手にしたグラスを、乾杯でもするように掲げてみせた。

「そんなかってなこと」

「おまえってほんとウザイね」

尚文はそこまで日本語で言い、そのあと英語で大きく叫んだ。

「おい、みんな、こいつのことつかまえて！」

かけ声と共に、いきなり近くにいた金髪の男が飛びかかってくる。

「何するんだよっ！」

他の二人もすぐに同調して、直史はぐっと押さえつけられた。

床に膝を着かされて、両腕をそれぞれ違う男に捻り上げられる。直史はあっと言う間に身動き一つできなくされてしまった。

「なぁ、この前の話だけどさ、協力しない？」

立ち上がった尚文は、直史を見下ろすようにして、また日本語で尋ねてくる。

「協力ってなんだよ？」

「手っ取り早くお金だけ出させるって話さ。公爵には色々言ってみたんだけど、どうもうまくいかなくてさ。ここじゃおまえの方が先輩だろ？　だからもっとあの頑固な公爵の扱い方を心得てるんじゃないかなとか思って」

「断るって言っただろ」

直史はせいいっぱいの力を込めて尚文をにらみつけた。

どんなに押さえつけられていても、公爵を裏切るような真似はできない。脅しには絶対に屈しないつもりだった。

直史の気持ちが動かないことを察したのか、尚文は大げさにため息をつく。

「おい、ナオフミ、こいつどーすんの？」

「こいつ、おまえより前からここにいたお人形さんだろ？」

話が決裂したことを知ったらしい男たちは、尚文に向かって口々に尋ねた。

「こいつさ……おまえたちの好きにしていいよ」

尚文の口をぽろりとついて出た言葉に、直史は青くなった。

「へぇ、好きにしていいんだ」

「おれ、けっこう好みかもな」

男たちの下卑た声を聞いて、さらにぎょっとなる。

直史はとっさに押さえられている腕を振り解こうとしたが、三人がかりの力には到底及ばない。

「ナオフミ、だけどいくらなんでも、ここで犯ったらまずいんじゃねぇか？」

中の一人が冷静に尋ね、尚文は首を傾げて考えこむようにしていたが、そのあとにこっと口元をゆるめた。

「森の中にさ、確か狩猟小屋があったんだよな。そこに連れてこうか？」

尚文の言葉で直史の運命はあっさりと決まってしまった。

「やめっ、何する気だよ！　誰か！」

直史は必死に暴れ、助けを呼ぼうとした。でもその口も男の一人に塞がれて、担ぎ上げられてしまった。

＊
＊

直史は、男たちの乗ってきた車に押しこまれ、森の中の狩猟小屋まで移動させられた。

前に公爵といっしょに乗馬をした時、休憩したことのある場所だった。

木造の小屋の扉には、頑丈な掛けがねがかけられていたにも関わらず、男たちはあっさりそれを壊して侵入する。

男の一人が灯油のランタンを灯し、あたりが一遍に明るくなる。

中はさほど広くない。黒くて大きな薪ストーブ、そして簡素な木のテーブルと椅子が何脚かだけ置かれている。

直史はシャツの上から締めていたネクタイをむしり取られ、後ろ手に縛られて無理やり床に座らせられていた。

尚文と男たちは、マナーハウスから持ちだしてきたワインのボトルを順にまわしながら、ラッパ飲みにしている。

胸には怒りだけが渦巻いて、直史は不思議と恐怖を感じなかった。

「直史、助けて欲しいなら今だよ？　こいつらけっこう見境ないし。男も女もＯＫってやつばかりだからさ」

尚文がにやにや笑いながら見下ろしてくる。

だが直史は無言をとおして理不尽な要求に抗った。

「ほんとかわいくないやつ……交渉決裂。犯っちゃっていいよ、みんな」

尚文が吐き捨てるように言ったとたん、男たちは一斉に直史に襲いかかってきた。

「やっ、やめろよ！」

短い金髪の男がシャツを引き裂いて直史の胸を剥きだしにする。ズボンは二人がかり、茶色の頭の男ともう一人黒髪の男に脱がされた。

尚文には絶対に同調しないと思っていた直史も、さすがに恐怖に襲われる。

「すげーな、こいつ。すべすべの肌してるぜ。そそられる」

「ナオフミ、ほんとにいいのかよ？」

「公爵に散々やられてんだから、いいんじゃないの。バージンてわけでもないし」

「じゃ、遠慮なく」

尚文だけはワインのボトルを手にしたままで、遠巻きに眺めている。

「いやだ！　やめっ」

下着の上からいきなり乱暴に中心を握られて、直史は悲鳴を上げた。

剥きだしになった胸にも違う男の手が這って、乳首をぎゅっとつまみ上げられる。

直史は必死に身体をよじって暴れた。目の前にあった腕にも夢中で噛みつく。

「痛っ！　こいつ、もっとおとなしくさせろ」

「やだ、離せ！」

懸命にもがいても相手は三人だ。抵抗はむなしいだけで、直史はすぐに下着まで取り去られて、大きく両脚を開かされた。その上、左の足首をつかまれて持ち上げられる。

男たちの前に無惨にさらされた狭間に、無理やり太い指を押しこまれた。

「いや……助けて……！」

中心をぎゅっとわしづかみにされ、中ではぐるりと指をまわされる。

ひきつれた痛みが走って、涙がこぼれた。

本当にここで陵辱される！

「やっ……助け……公爵……いや――っ！」

恐怖のあまり、悲鳴を上げた、その時。

バタン、とすごい音と共に、扉が開けられた。

「ナオ！」

「そこまでだ！」

凛と重なり合った声に、直史は目を見開いた。

公爵だった。助けに来てくれた！

ドアの前に立ちはだかっている頼もしい姿は、大好きな公爵だ。

普段静かにしている時でさえ、公爵は威厳に満ち、恐れを抱くほどなのに、今はもっとすごい形相で松葉杖を振り上げて、男たちを威嚇している。

横には、エレガントなスーツ姿には似合わない猟銃を、腰でかまえたクリスの姿もあった。小屋には四匹の犬たちも飛びこんでくる。

突然出現した二人に、尚文と男たちは固まっていた。クリスの散弾銃でねらいをつけられているせいか、抵抗しようとする者は一人もいない。

「ナオ、大丈夫か！」

公爵が不自由な脚で駆けよって、直史を抱きしめる。

待ち望んでいた温かい感触だった。

「あ、ああ……」

両手の拘束を解かれ、直史は広い胸に縋って、ぼろぼろと涙をこぼした。

「もう大丈夫だ、ナオ」

公爵はジャケットを脱いで、泣きじゃくる直史に羽織らせ、宥めるように髪の毛を撫でる。

クリスはきれいな顔に冷たい笑みを貼りつかせて、男たちを眺めまわしていた。

「あ、あの、これは……」

尚文が震えるように口を動かすと、クリスはさらに微笑を深くした。

「ナオ、ちょっとやりすぎだ。取りあえずお友だちにはロンドンに帰ってもらいなさい。ここにいると全員ギルバートに殺されるよ?」

クリスが散弾銃の銃口を上に向けた瞬間、三人の男たちは尚文を置いて脱兎のごとく逃げだした。

残された尚文は、恐怖で顔を引きつらせるようにして、小さくなっている。

「君は逃げちゃだめだよ、ナオ。君の雇い主として、ぼくにも責任があることだ。色々と言ってきかせなきゃいけないみたいだからね……さて、それじゃここを引き揚げますか」

クリスは尚文を脅したあとで、公爵に合図を送る。

そして直史は、公爵に支えられるようにして、ようやく床から立ち上がった。

＊　＊

直史は、クリスの車に乗せられて、マナーハウスに戻った。

公爵とクリスは、直史を守るように部屋までついてくる。

尚文は、しばらく謹慎しているようにと厳重に怒られてから、自室に戻されていた。

「ぼくがタイミングよくロンドンから到着してよかったよ。君とナオが部屋にいないことに気づかなければ、今頃どうなっていたか……」

「ありがとうございます」

クリスの説明で、直史は本当に危ないところだったのだと、実感させられる。

大きく息をついた直史のそばで、クリスはにこっとした笑顔を見せ、背後を振り返った。

「ギルバート、これで貸しが一つだ。ここのマナーハウスを借りる件は承知してもらうからね」

クリスの要求に、扉の前に立っていた公爵は憮然とした顔になる。

恐怖から解放されたせいか、直史は自分の乱れた格好が気になってきた。公爵のジャケットを着せられていたが、男たちに触られたいやな感触がまだ身体に残っている。

そしてもう一つ、ぴりぴりと神経に障ることがあった。

あれだけ会いたくてたまらなかった公爵がそばにいるというのに、直史は何故だか視線を合わせるのが恐くてたまらない。助けられた時はほっとして、懸命にしがみついてしまったが、今は近くにその存在を感じただけで動揺してしまう。

直史が必死に公爵と視線が合わないようにしていると、クリスはいち早くその気配に気づいたようだった。ちらりと直史の様子を確認したあとで、クリスは公爵の方を向く。

「ナオはシャワーを浴びた方がいい。それでギルバートはここから出て行くんだな」

「何を言う」

いかにも心外だと言うように公爵がうなり声を上げる。そして思わずといった感じで直史の方へ踏みだして来ようとしたのを、クリスが身体を割りこませるようにして妨害した。

「ナオはそっとしておいてやった方がいい」

「おまえに言われるまでもない。そこをどけ、ブランドン」

「どくのは君だよ、ギルバート」

「どういう意味だ？」

直史の目の前で、二人はいつもと同じような諍いを始める。

でも明らかに自分のことが争いの原因だ。直史はどうしていいかわからず呆然となってしまう。

「ナオのこと、これからどうするつもりだ？」

「ブランドン、いい加減にしろ。おまえが口を出すことじゃない。それにナオはずっとここにいるに決まってる」

「それはもしかして、いたずら小僧のナオの方が、正規の恩人の息子だとわかってもか？」

「そうだ」

はっきりと口に出した公爵に、直史はどきりとなったが、クリスは軽く肩を竦めただけだ。

「やけにきっぱり言ってるけど、ナオ、君はどう？　君じゃなく、もう一人のナオの方が恩人の息子だとわかってても、ここにいたい？」

クリスは公爵の方を見つめたままで尋ねてきた。

直史はゆっくり首を横に振った。

それを見ていた公爵は、はっとしたように眉根をよせる。

クリスは最初から直史がどう答えるか予測がついていたように、振り返ろうともしない。そして公爵の視線は、まるでクリスがこの場にいないかのように、真っ直ぐ直史に突き刺さってきた。

悲しそうな目の色だった。直史の答えが信じられないといった感じで。

けれど、どんなに蒼い目で見つめられても、首を縦には振れなかった。

胸が痛くてたまらない。

公爵が好きでたまらない。

だからこそ、このまま公爵のそばにい続けることはできなかった。

「ナオ……」

いつだってぞくりとなってしまうような声で名前を呼ばれたとたん、直史は弾かれたようにバスルームへ駆けこんでいた。

後ろで公爵が追いかけてくる気配がした。けれど、直史の気持ちをよく理解しているクリスが止めてくれたのだろう。

直史が勢いよくシャワーの栓を捻っても、邪魔されることはなかった。

＊　＊

深夜――。

誰もいなくなった静かな部屋で、直史はシャツ一枚にズボンという格好で、ベッドサイドの椅子に腰かけ、深いため息をついていた。

クリスに守られるようにして、公爵を拒絶してしまった。久しぶりに公爵の顔を見て、自分の中でもやもやしていたものが一気に噴きだしてしまったのだ。

直史に向けられていた悲しそうな目が、いつまでもまぶたの裏に焼きついて離れない。

短い間に心から公爵を愛するようになってしまった。

だからもうこのままではいられない。

直史はベッド脇に置きっぱなしにしていた写真に目をやった。

父と母、両方から、もっと頑張りなさいと言われているような気がするけれど……もうだめだ。

公爵が好きで、ずっとそばにいたいと思っていたけれど、直史は気づいてしまった。

公爵が義務感だけで自分に優しくするなら、もうそばにはいられない。愛しているからこそ、そばにはいられなかった。

じわりと目頭が熱くなるが、今ここで泣くのだけは我慢しようと唇を噛みしめる。

再びじっと写真に見入っていた時だ。

ドアをコツコツとノックする音がして、直史はびくりと竦み上がった。

きっと公爵だ。

さっきはクリスに阻まれてしまったが、直史の答えに納得していないのだろう。

今、公爵と話すのは恐い。でも、今まで公爵が直史のためにしてきてくれたことを思えば、自分かってな理由で逃げているのは許されない。

直史は、ちらりともう一度両親の写真に目をやってから、ゆっくりと席を立った。

「どうぞ」

声をかけながらドアを開けると、来訪者は予想どおり松葉杖を突いた公爵だった。

夜中だというのに相変わらずぴしりとした姿だった。でも、くすんだ茶系のジャケットを着ている公爵は、いくぶん顔色が青ざめて見える。

直史は彫りが深く整った顔を見ただけで涙ぐみそうになり、焦って視線をそらせた。

「ナオ、こんな時間で悪いのだが……」

「中に入って下さい」

珍しく口ごもった公爵に、直史は最大限の努力を払って冷静な声を出した。

不自由そうに足を運ぶ姿に、胸が締めつけられたようになる。

思わず駆けよってしまいたくなるのを堪えて、ソファを勧め、自分はそこから離れたベッドサイドの椅子に腰かけた。

公爵との接触はなるべく避けた方がいいのだ。

しかし、公爵はソファには座らず、松葉杖を突きながら、真っ直ぐ直史のそばまでやって来る。

その勢いがあまりにすごくて、直史がびくりとなっていると、公爵は意外なことを言いだした。

「ナオ、やっぱりわたしの父を救ってくれたのは、君の父上で間違いない」

「え？」

公爵の視線は、直史をとおり越し、サイドテーブルに向かっていた。

花びらの形をした小さなスタンドの横に、この豪華な部屋には似合わない安物の写真立てがある。

さっきまで直史自身が眺めていた家族の写真だ。

「この指輪……」

公爵は松葉杖に体重を預け、左手で直史の家族写真を持ち上げた。

「小さくてわかりにくいが、これにはシーモア家の紋章が入っている。父のものだったに違いない」

父がしている指輪のことだった。

似合わない指輪だと、いつも不思議に思っていた。でも由来は聞いたことがない。

それが、直史の父が前公爵を助けた証になる？

「ナオ、君はずっと気にしていたのだろう。もしかしたらナオフミが恩恵を受けるべきで、自分にはその資格がないかもしれないと」

「そうです」

「わたしは君が何者だろうと手放すつもりはなかったが、これで君に資格があることが証明された」

公爵は口元をゆるめ、満足そうに写真を眺めている。

その横で、直史は唇を噛みしめた。

今まで公爵から与えられてきた恩恵を、これからも堂々と受け続けることができる。けれど、今さら資格があることがわかっても、根本的な問題は何も変わらない。

今の直史はもっと欲張りになっている。

優雅な貴族の生活なんて望んでない。

大きな部屋も、お金も服も、全部いらない。

公爵がそばにいて、優しくしてくれたとしても、だめ。

直史が欲しいのは、ただ一つ、公爵が絶対に与えてくれないものだった。

「公爵……」

直史が改まって呼びかけると、公爵は、なんだというように眉を上げる。

胸が痛んで仕方がなかったけれど、直史はごくりと喉を上下させてから切りだした。

「ぼくは日本へ帰ろうと思います」

「どういうことだ?」

公爵は即座に、不快そうに顔をしかめた。

直史はびくりとなったが、強ばった表情を無理に和らげて笑みを作る。

「今までとてもよくしていただいて、感謝してます。でも日本が恋しくなりました。イギリスでの生活、楽しかったけれど、やっぱり続けるのは無理。ぼくはもう日本に帰りたい」

中途半端な言い訳ではだめだろう。納得してもらえない。だから直史はもっともらしい理由を並べ立てる。公爵が絶対に反対できないように。

「何故だ、ナオ? 今まで一度だって君は寂しいと言わなかったではないか」

「我慢してたんです。だってお世話になってるのに、そんなこと悪くて言えなかったし」

尚文の軽さを見習って、直史は心にもない台詞を口にする。

「ナオ」

目の前でゆっくりと形のいい眉がひそめられる。

良心は疼くけれど、今はもっと公爵を傷つけることを言わなくてはならない。

「堅苦しい生活はもうたくさん。うんざりでした。英語ばかり話してるのも疲れたし、こんなの、お金のためだって思っても限界ありますよね」

張り裂けそうな胸の痛みを抑え、肩を竦めてみせると、さすがに公爵の表情がムッとしたようになる。

自分のしていることは最低だった。

恩を徒で返すようなものだ。自分で自分がいやになり、胸が悪くなる。何よりも、大好きな公爵をこんなひどい言葉で傷つけていることがたまらなかった。

尚文のことで、よほど心配させたのか、端整な顔は憔悴しているように見えた。それに直史の裏切りに対する怒りが加味されて、公爵は今まで見たことがないほど険しくなっている。

「それが本当の望みか？　君はうそを言っているのではないのか？」

「いいえ、本当のことです」

低く脅すような声に、直史は静かに反発した。

「わたしには……信じられない」

公爵を納得させるには、もっとひどいことを言わなければならないのだろうか。

胸だけじゃなく、頭までずきずきと痛みを訴える。でもここまできたら最後までやるしかない。

「ぼくは日本へ帰りたい。あなたがあくまで父上の遺言を実行したいとおっしゃるなら、金銭的な援助だけお願いします。お金だけ下さった方がうんと気楽でありがたいんですけど」

直史は真っ直ぐに公爵の目を見つめ、さらに笑みを浮かべながら言ってのけた。

息をのむような気配があって、そのあと長い沈黙が続く。

そして——。

「がっかりしたよ、ナオ。素直で心根が優しい……そう思っていたのに、まさか君がそんなことを言いだすとは……どうやらわたしは本当の君を知らなかったらしい。いいだろう、これからは好きなようにしなさい」

腹立たしげに、見切りをつけるように吐き捨てられる。

見下げ果てたやつだと言わんばかりの軽蔑に満ちた眼差しが突き刺さってきた。

鼻の奥がつうんとなって涙がこぼれてきそうになったのを、直史は懸命に我慢した。

公爵を愛している。

だからもう、義務感に駆られた施しも、親を亡くした子供に与えるような同情もいらない。優しさもいらない。直史が思うのと同じ気持ちで愛してもらえないなら、他には何もいらなかった。

直史はくっと唇を噛みしめてから声を絞りだした。

「すみません……もうこの部屋から出ていって下さい」

公爵は信じられないといったように、蒼い目を見開いた。

まぶたの奥がひりひりと痛くなっている。早くしないと泣くのを見られてしまう。そしたら優しい公爵は直史を抱きしめて慰めるだろう。そんなことになったら、せっかく勇気を振り絞って決心したことが一遍に崩れてしまう。

いつもの冷静さを欠いているのか、公爵は呆然としたように立ち尽くしていた。

直史は激しい痛みを訴える胸に右手をあてて、再び声を絞りだす。

「もう疲れました……休みたいんです。明日は早く起きて荷物を整理しないと」

「……本気なのか？」

掠れたような声で聞かれ、直史はこくりと頷いた。

「日本へ帰ってしまうと？」

「そうです……もう決心しましたから。明日にでも……」

公爵はがっくりしたように肩を落とし、緩慢な動作で背中を見せる。

松葉杖を突きながら、ゆっくりドアに向かう姿を、直史は必死に見つめた。

こんな時だというのに、冷静でいられる自分がおかしかった。

これも皆公爵に教えられたことだ。ちゃんとできたことを誉めてくれる人はもういない。

だから、自分自身で誇らしく思うしか……。

けれど、それも長くは続かなかった。

我慢していた涙が自然とこぼれ落ちてくる。大声で泣いてしまいたいのを、直史は最後の最後、ぎりぎりまで抑えた。

公爵を愛している。だから永久に決別するために。

「ナオ……」

ドアの前まで進んだ公爵は、そこでぽつりと寂しそうな声を出した。

何度も優しく名前を呼ばれ、胸に抱きしめられた時のことを一遍に思いだし、直史は思わず嗚咽を漏らしてしまう。

飛んでいって縋りつきたかった。

自分の望むように愛してはもらえない。でも公爵なりには、直史のことを愛してくれていたのだ。

それを平気で裏切る自分はなんて残酷なんだろうか。

クリスは公爵のことを冷酷だと言ったけれど、自分の方がもっと冷たい。

「ナオ……」

もう一度名前を呼ばれ、直史はたまらず首を振った。

「愛してるんだ、ナオ」

絞りだされる声に、どきりとなる。

公爵は背中を見せているだけだ。肩が震えているような気がするのは、きっと涙で目が曇っているせいだ。今、聞こえてきた言葉だって空耳……。

直史は一刻も早く、このつらい時間がすぎてくれることだけを願った。

「ナオ、わたしは君を愛している。それでも君は行ってしまうのか？」

はっきりとまた聞こえてきた言葉に、直史は目を見張った。

信じられない思いで見つめていると、公爵がゆっくりと振り返る。

「ナオ、聞こえているのか、ナオ？　わたしは君を愛して」

「いやだ！　いやっ、聞きたくない」

直史は激しく首を左右に振った。

今頃になってこんなことを言うなんて、ひどすぎる。

「ひどい……ぼくがどんなに……あなたを愛してるから……なのに……ひどい」

涙がどっと溢れてくる。直史は何度もしゃくりあげながら訴えた。

我慢に我慢を重ねていた堰が崩れ、もう自分が何を話しているのかもよくわからなかった。

「ナオ！」

鋭く叫んだ公爵が松葉杖を放りだし、右脚を引きずるように駆けてくる。直史は涙で曇った視界でぼーっとそれを眺めていた。

「あ……」

広い胸にぎゅっと抱きしめられる。

公爵の温もりを感じたとたん、直史の意地は跡形もなく崩壊した。

夢中で大好きな人にかじりつく。

「行かないでくれ、ナオ。もう君のいない生活は考えられない」

「でも……だってあなたは……」

なおも言い募ろうとした直史の唇は、公爵のそれに強引に塞がれてしまう。

待ち焦がれていた熱いキスだ。

疑問はまだ解けていない。でも直史は自分から舌を絡めて公爵の唇を貪った。

「ナオ、わたしが悪かった……君をずっと愛していたのに、それを言ってしまうと君のためにならないと思いこんでいた」

直史はまだ公爵の腕に、しっかりと抱かれたままだ。真摯な声は、頑なだった心の奥にまで響いてくる。

「君は最初に会った時からわたしを魅了していた。素直でひたむきで……この手で汚していけないと思いながらも、わたしはとても我慢できずに君を抱いてしまった。君の心も真っ直ぐわたしに向かっていた。でもわたしは最後のぎりぎりのところで、君のすべてを奪ってしまうことを躊躇した。わたしが君を愛していると口に出せば、それはもう、君を一生自由にはしてあげられないという意味なんだよ、ナオ。手元に置くだけじゃない。一生わたしのそばに縛りつけて、わたしだけを見るようにして……だから若い君からすべてを奪ってしまうことが恐かったのだ」

「でも……ぼくは、もう」

公爵は直史の目を覗きこみ、やわらかく微笑んだ。

「そうだな、ナオ、もう手遅れだ。君はもうわたしから一生逃げられない」

「公爵！」

それこそが直史の望みだった。ずっと一生公爵のそばにいることが。

我慢できないといったように、直史はまた唇を塞がれる。離れていた何日かの空白を埋めるように、激しく情熱的なキスを奪われた。

深く舌を絡め合うと、すぐに身体中が沸騰したようになってしまう。

公爵は、直史をすくい上げるように抱こうとして、途中でがくりと膝を崩した。

「くっ」

「あ、公爵、脚が！」

小さくうめき声を上げた公爵を、直史は慌てて支えた。

どんな時でも威厳を失わない公爵が、今はいかにも悔しそうに顔をしかめている。

「君を抱き上げることもできないとは情けない」

「そんな……だってまだ骨折が」

「こんな姿を、君にだけは見られたくなかったのだが」

「え？　それじゃもしかして……ぼくを避けてらしたのは……？」

直史は期待を込めた目で公爵を見つめた。珍しく、本当に珍しく、公爵は恥ずかしそうに直史から顔をそむけようとする。

「きちんと治ってからでないと、と君に会うのを我慢していたのだ。ついでに書類の山の見直しもしていたが」

「あの段ボールに入ってたすごい山のこと？　あれ、普通のお仕事じゃなかったんですか？」

「今まで調査会社から送られてきたレポートを全部、隅から隅まで読み返していた。ナオフミから引きだせる限りの情報を得て、その上で昔の調査で見落としがないかと」

胸にひたひたと喜びが満ちてくる。

直史は嫌われていたのではなかった。それに公爵が尚文だけを呼んだのにも、ちゃんとした理由があった。全部直史のためだったのだ。

「だが今は、そんなことどうでもいい。ナオ」

嬉しさでぼーっとなっていた直史は、はっと我に返った。

熱のこもった公爵の蒼い瞳を見て、直史の中の興奮も再燃する。

今度は自分の方から公爵の手を引いて、いっしょにベッドに倒れこんだ。

怪我した脚を気遣いながら、直史はそっとベッドの上に載せた。ズボンの裾を少し上げると、包帯に覆われた踵が見える。

自分のために公爵が怪我をしたのだと思うと、直史の胸はまたじわりとなった。

「公爵……」

そっと囁くと真剣に見つめ返される。

直史は、いつもとは逆で、自分から大きな身体に覆い被さるように、唇をよせていく。

「愛している、ナオ」

「ぼくも心から愛してます」

心からの告白をし合って、再び唇を結び合う。

そっと触れ合わせるだけのキスをすると、胸がせつなくなった。

ベッドに横たわった公爵の身体を、直史は細い腕で、せいいっぱい包みこむように抱きしめる。

そしてシャツのボタンに手をかけて外していく。

「ナオ、ずいぶん積極的だな」

「だって、あなたを愛してるから」

ふわりと笑顔になった公爵に、直史も微笑みかけた。

そしてお互いの手をせわしなく動かしながら、邪魔な服を脱がせあう。

怪我をしている公爵には負担をかけたくない。だから直史は、公爵の身体に馬乗りになった体勢で、きれいに筋肉がついた逞しい胸、引き締まった腹、それからさらにその下へと顔を近づけた。

「くっ……」

公爵の大きなものを手のひらに包み、先端をそっと口に含むと、うめきが漏れる。

どくっと音が聞こえてきそうなほど勢いよく、それは直史の手の中で育っていった。

自分でも公爵を悦ばせることができる。直史は嬉しくなって、懸命にほおばって舌を絡める。

「ナオ……気持ちいいよ……さぁ、わたしにも君を愛させてくれ。身体をこっちにまわして」

誘うような声と共に、伸ばされた手が背中を滑った。

ただ、それだけのことなのに、ぞくぞくっと震えがくる。

横から腰を引きよせられて、直史は身体の向きを変えさせられた。

公爵の高貴な顔を跨ぐような姿勢をとらされ、爆発したような羞恥が湧く。

でも直史は必死にそれを抑え、再び両手で持った公爵の熱いものに唇をよせた。

「ん……ふっ」

公爵に奉仕していただけで、いっぱいに張りつめてしまった中心を、熱い口腔に迎え入れられて、直史はくぐもった喘ぎ声を上げた。

稚拙な動きでは到底公爵に敵わない。直史の方が、あっと言う間に追いつめられてしまう。

「あ、もう……んんっ」

いっしょに頑張ろうとするけれど、大きすぎるものはすぐに口からこぼれ、直史はしっかり快感を与えられているだけになってしまった。

「ナオ、もっとわたしを愛してくれるのではなかったのか？」

公爵は微かに笑いを含んだ声で直史をからかい、そのあと狭間に長い指を押しこんでくる。

「ああっ、あ、でも……っ」

ぐるりと中を抉るようにされて、直史は小刻みに頭を振る。もう公爵を口にするどころではない。

ただ両手で熱いそれを包んでいるだけになってしまう。

狭い場所を広げるような指の動きに合わせ、たまらず腰が揺れた。

はちきれそうになった前にも、公爵の手が伸ばされて揉みしだかれる。

「ああん……あっ……ああ」

一遍に高まった射精感に、直史は腰を揺らし、連続して嬌声を上げた。

「ナオ、大丈夫だから先に達きなさい」

「あ、でも……でも、いっしょに」

「それなら、こっちを向いて」

息も絶え絶えになって訴えると、中をかき混ぜていた指が抜き取られ、再び身体の向きを変えさせられる。

公爵も待ちきれないように瞳を光らせていた。

思わず縋るようにすると、力強い両手が背中にまわって、抱きしめられる。

「ナオ、抱きしめてくれるのは嬉しいけれど、わたしはもう我慢できそうにないよ」

「あ……」

逞しいものを下腹に擦りつけるようにされて、直史は真っ赤になった。

「さぁ、もう少し身体を上げて、わたしを迎え入れて」

両手で腰をつかまれて持ち上げられる。直史は最初から公爵の身体を跨ぐようにしていた。

直史は羞恥で死にそうになりながら、公爵のそそり勃ったものを手にした。大きくて、それが自分の中に納まることを想像すると恐くなる。

それでも直史は、公爵の手に助けられながら、それをつかみ、自分の潤んだ場所にあてがった。

「ナオ！」

次の瞬間、ぐいっとつかまれた腰を下に引きつけられる。

「あっ、待って、まだ……あああ──っ」

一気に深くまでくわえこまされて、直史は悲鳴を上げた。

灼熱の塊にどこまでも犯される。公爵の熱い脈動が奥深くで直に伝わって、直史は身震いした。

一つに繋がっている。灼けるような公爵と一つに。

「ナオ、愛している」

公爵は短く言うと、さらに結合を深め、腰を揺さぶってきた。

「ああっ……あっ」

敏感な柔肌を掻きまわされて、強い疼きが湧き起こる。

蜜をこぼしている中心にも刺激が与えられ、直史はぎゅっと中の公爵を締めつけた。

身体と心、両方で欲しかったものが一気に満たされる。

下から力強く突き上げられ、いっしょに上りつめていく。

直史は身体の奥深くで公爵の熱を受け止めながら、この上ない幸せに酔っていた。

＊　＊

ブナの森は一面、黄金色で覆われていた。燃えるように真っ赤な夕日が丘の向こうに沈むと、静かな田園地帯はすぐ闇に包まれる。

ただ森の中の一角、アベンフォード公爵、シーモア家のマナーハウスだけは、この夜、全館が煌びやかな灯火で溢れていた。

広い芝生の前庭に時ならぬ車の行列ができている。次々車よせに停められていく高級車から、ブラックタイの正装にチェスターコートやマント、イブニングドレスにケープをまとったお客が続々と降り立った。

グレートホールは人で埋まり、コートを預け終わったお客は、執事のオコーネルの案内で、会場となるボールルームへと入っていく。

「公爵、本当に素敵なマナーハウスですね」

「ありがとうございます」

「ロード・レンスターがこちらでショーをなさるとお聞きして、ずっと楽しみにしてましたのよ」

スワローテールの正装で、お客を出迎えているアベンフォード公爵、ギルバート・ウォーレン・シーモアの隣には、同じく正装に身を固めた直史の姿がある。

さらに直史と反対側の隣には、ショーの主催者であるレンスター子爵、クリストファー・ブランドンのあでやかな姿があった。上品なベージュ色のディナージャケットに焦げ茶色ベースのカマーバンドと蝶ネクタイ。だがクリスはにこやかな笑みを浮かべてはいるものの、やや機嫌が悪い。

春夏もののショーをマナーハウスでやることを決めたあと、最後の最後になって、公爵が会場提供者の権限を振りかざし、かってにドレスコードを決めてしまったからだ。

――ドレスコードはブラックタイ。それ以外のお客はポーチから先、一歩も入れない。

プレス関係にも例外は認めないとの徹底ぶりに、クリスは烈火のごとく抗議したが、公爵は最後まで折れなかった。直史の事件を盾にして、無理やりマナーハウスを借りたクリスは、思わぬことで公爵から報復を受けるという結果になったのだ。

しかし、ファッションショーにブラックタイの正装で、というのが逆に評判を呼んで、入場者の数はいつもの倍になるかもしれないということだ。

クリスも黙って引き下がる男ではないので、これからクリスマスシーズンに向け、クリス・Bでは大量のフォーマルを売りだす予定にしているらしい。それにクリスはブラックタイではなく、焦げ茶の蝶ネクタイを着けることで、しっかり公爵に意趣返しも成功させている。

裏方では鈴木尚文もショーの手伝いをしていた。公爵は、大学へ行くなら学資の援助をしようと言ったのだが、尚文は勉強などまっぴらだとそれを断った。今はクリスの厳重な監視を受けながらクリス・Bで働いている。

「レディ・ボーモント、ようこそ」

「ご機嫌よう、公爵。そちらの素敵な方はどなたですの？」

「ナオフミ・スズキ。わたしの被後見人です。今はオックスフォードの学生ですが、将来はわたしのよい片腕になってくれると思っています」

「まぁ、そうですか。これからがとても楽しみですね」

「ありがとうございます」

先程から何度も同じ会話がくり返されている。

直史は、公爵の威厳ある姿を眩しく見つめながら、自分がその横に立っていられる幸せを胸いっぱいに感じていた。

——END——

■あとがき■

こんにちは。はじめまして。秋山みち花です。

本書『公爵は冷酷に愛を語る』を、お手に取っていただき、ありがとうございます。

初のショコラノベルスで、初の英国貴族ものです。純情無垢な日本人青年が、後見人となった公爵から、ダンスや乗馬など、貴族としてのたしなみを教えられていく……というようなお話でしたが、いかがだったでしょうか？　ＢＬファンタジーならではの、優雅な貴族生活や、主人公の純愛などを、少しでも楽しんでいただけたなら、とても嬉しいのですが……。

とは言うものの、テーマはずばり「マイフェア・レディ（含むＨ）」。憧れのハイパーレーベルでもあり、今回はプロット段階から、友人たちを巻きこんで大騒ぎでした。「えっちになだれこみやすいマイフェア・レディ教育には何があるか、またその詳しいシチュエーション」等々。電話で延々とやり取りしていたわけです（すみません、ろくでもないことで）。で、さすがに我が友人たち。おもしろいアイディアを出してくれて、中には本書で採用させてもらったものもあります。どれがそうか、皆様どうぞ探してみて下さいね。そして、いつもありがとう、友人たち。

さて、メインキャラの二人は横においといて、サブキャラのクリスの話を少し。実はプロットでは、彼は存在しておりませんでした。初稿を書いているうちに、突然もやもや出現してきたんですね。しかも主人公の公爵を上まわる活躍だ……金髪ロン毛の美形キャラ好きな、作者の趣味丸出しです。これはボツになるかも、と心配していたのですが、なんと担当様も、金髪ロン毛好きだと判明。クリスも気に入って下さって、その後は、彼の髪がストレートか巻き毛かで論争したり（ちなみに秋山は巻き毛支持。担当様はストレート好き。結局担当様の熱意に負けて、クリスはストレートの金髪になった）、片岡先生からキャララフをいただいた時にも「クリスかっこいいですよね」と、ついメインの二人をそっちのけで盛り上がったり……色々ありました。担当様、途中でずいぶんご迷惑をおかけしましたが、楽しいお仕事させて下さって、ありがとうございました。

ノベルス制作では、他にも多くの方々にお世話になりました。ありがとうございます。それと、片岡ケイコ先生、素敵なキャラたちをありがとうございました。サブキャラまで、とても丁寧なラフを送って下さって、感激してます。いただいたＦＡＸ、密かに一生の宝とさせてもらいます。

そして最後まで本書をお読み下さった読者様、本当にありがとうございました。よければぜひ、ご感想などをお聞かせ下さい。ご意見をいただけると、とても励みになりますので、よろしくお願い致します。

秋山みち花　拝

この本を読んでのご意見、ご感想をお寄せ下さい。
作者やイラストレーターへのお手紙もお待ちしております。

あて先

〒171-0021　東京都豊島区西池袋3-25-11 第八志野ビル5階
（株）心交社　ショコラノベルス編集部

公爵は冷酷に愛を語る

2005年5月20日 第1刷

著　者：秋山みち花

発行人：林 宗宏

発行所：株式会社　心交社
〒171-0021 東京都豊島区西池袋3-25-11
第八志野ビル5階
（編集）03-3980-6337（営業）03-3959-6169
http://www.shinko-sha.co.jp/

印刷所：図書印刷 株式会社